# UNE
# TROP BRUYANTE
# SOLITUDE

Bohumil Hrabal

# UNE TROP BRUYANTE SOLITUDE

ROMAN

*Traduit du tchèque*
*par Max Keller*

*Robert Laffont*

TEXTE INTÉGRAL

TITRE ORIGINAL
*Prilis hlucna samota*



ISBN 2-02-033031-8
(ISBN 2-02-012983-3, 1re édition poche ;
ISBN 2-221-07095-8, 1re publication)

# PRÉSENTATION
# PAR VACLAV JAMEK

## *Pour le Néant de Dieu*

On ne sait jamais de quelle façon les apparences sont trompeuses, mais elles le sont souvent, dans le parcours littéraire de Bohumil Hrabal. A commencer par son début, en 1963 : elle se méprend, la critique émerveillée qui voit surgir, comme un papillon de sa chrysalide, un écrivain tout frais et déjà tout fait, qui s'impose d'emblée parmi les trois ou quatre grands prosateurs tchèques du demi-siècle. Car Hrabal n'a pas attendu jusqu'à la cinquantaine pour élaborer son œuvre. Jeune homme, il était déjà ce débauché de l'écriture, ce champion de la palabre qu'on admirerait dans le vieil homme bougon ou fanfaron toujours prêt à étendre son flot de paroles sur toute parcelle encore inoccupée de l'espace. Mais la littérature, en cette époque de terreur, était forcée de cheminer en secret, et Hrabal avait bien poursuivi son œuvre pendant deux décennies, sans espoir de publication, reconnu seulement par ses pairs, qui se trouvaient réduits à la même obscurité et au même silence que lui. Il fallut des années d'efforts et d'astuces à ses amis – dont Jiří Kolář – pour obtenir une première publication de ses écrits : le fleuve Hrabal est *vauclusien,* il ne commence pas où l'on croirait.

Autre source de confusion : Hrabal remet radicalement en question la notion de texte définitif. Difficile de s'y retrouver dans les différentes versions d'un même texte, souvent publiées en concurrence. Ainsi, *Une trop bruyante solitude* existe en trois versions reconnues par l'auteur, à quoi s'ajoutent des variantes opportunistes opérées d'une édition à l'autre, à la suite d'une demande ou d'une pression. Il peut s'agir d'une intervention massive, tel ce collage qui enchevêtre l'un dans l'autre *Tendre Barbare* et *Une trop bruyante solitude*, tout en les amputant des passages les plus critiques, en vue d'une publication « officielle » dans les années 1980. Ailleurs, une modification plus limitée vient atténuer tel passage jugé trop choquant : dans l'édition d'*Une trop bruyante solitude* préparée en 1989, dans le climat plus tiède de la fin du régime, le pilon et la destruction culturelle qu'il dénote ne sont plus un tabou, mais en revanche, l'espace d'une demi-page modifiée, le suicide de Hanta est donné pour un phantasme, un rêve du personnage, et ne se présente plus comme un acte réel.

Cette profanation systématique du texte, qui fait violence à la loi sacrée de l'achèvement, répond essentiellement aux pressions du pouvoir idéologique qui, ne l'oublions pas, ont constitué la condition générale et quotidienne de la création artistique tout au long de la vie de Hrabal. On ne manqua pas de lui reprocher, d'ailleurs, ce qu'on percevait comme une faiblesse : cet esprit accommodant, incapable d'intransigeance, qui l'amenait à tailler dans ses propres écrits – de sorte qu'un même titre pouvait recouvrir des textes très différents, selon qu'ils étaient diffusés par les éditions officielles ou par le *samizdat*. Mais il ne faut pas juger trop vite : on doit plutôt se demander en quoi consistait, dans l'écriture, l'intransigeance de Hrabal.

Si, en effet, l'écrivain a pu, sous contrainte, modifier son texte sans subir, sur le plan littéraire, un préjudice fatal, c'est que, dans le fond, cette façon de procéder n'est pas contraire à une tendance profonde de son écriture. A l'évidence, Hrabal n'est pas un auteur pour qui chaque mot entrant dans la composition d'un texte, deviendrait immuable et irremplaçable, son alchimie participant de la Mystérieuse Nécessité qui définit l'Œuvre. Mise à mal par notre histoire récente, cette dignité-là du mot a vécu. Chez Hrabal, les mots changent ; c'est spontanément, de propos délibéré, qu'il produit des variantes ou des collages : avec sa machine à écrire, les ciseaux deviennent pour lui un instrument de l'écriture.

Est-ce à dire que la manière lui importe peu et que l'histoire à raconter est tout pour celui en qui on voit surtout le fabulateur faramineux ? Non, au contraire : tout est recherche de langage chez Hrabal, c'est l'élan du raconter qui est la raison d'être du récit, pour faire bien planer l'Ange du Bizarre : la Fable elle-même. Plus ou moins spectaculaire (*Cours de danse pour adultes et élèves avancés*, *Vends maison où je ne veux plus vivre*, en contraste avec les *Trains étroitement surveillés*), l'exploration du potentiel langagier draine la passion au sein de l'aventure ; simplement Hrabal n'en est pas à un mot près : ce qui l'intéresse, c'est le langage dans son excès, dans son jaillissement, c'est la puissance du flux, confirmée et magnifiée même par les grains d'impureté qu'il peut charrier, çà ou là, dans sa formidable coulée. D'où l'exaltation, héritée du surréalisme, de l'acte d'écriture comme déversement violent et spontané, à bride abattue : c'est ainsi que Hrabal aime se montrer, en digne descendant des conquérants mongols qu'il détecte dans les traits de son visage de vieil Asiatique, aux larges pommettes saillantes. Il y a, dans son rapport au langage, le même goût de l'exploit insolite dont il s'émerveille chez les personnages qu'il met en scène; l'un de ces personnages finit même par incarner cette démesure de la faconde, devenant, de ce fait, une figure centrale du dispositif hrabalien : c'est l'oncle Pepin, le bavard terrible, truculent et cataclysmique, personnage réel, d'ailleurs, de qui Hrabal avait d'abord enregistré les récits pour les faire écouter à ses amis, avant de lui faire une place dans ses livres (*La Chevelure sacrifiée, Les Millions d'Arlequin, Les Souffrances du vieux Werther*).

En vérité, Hrabal ne traite jamais le langage comme une simple matière, fût-elle *toute* première : il l'approche comme une force vive. Inclus dans les débordements de la vie, le langage ne fait pas qu'exprimer (véhiculer) le vitalisme de Hrabal, il en est la manifestation, la preuve et le fondement – et c'est donc la gloire du texte que d'être mouvant, impur et jamais définitif! Les compromis ne comptent pas, du moment qu'ils ne peuvent pas contrarier cette tendance profonde; on peut toujours repétrir un texte. Voilà comment se fait jour, à travers ses *frousses,* l'intransigeance de Hrabal : elle est dans la souveraineté du langage, qui se confond avec la souveraineté de la vie.

Le vitalisme qui sous-tend toute l'œuvre de Hrabal est loin d'être béat. S'il frappe d'abord par une exubérance tendant vers une sorte d'idylle jubilatoire faite de gageures et d'exploits de toutes sortes – et notamment érotiques ou sexuels – où s'investit l'énergie surabondante dont l'homme a été chargé, ce drôle de mysticisme émerveillé et quasiment sportif n'a, de fait, rien d'optimiste, puisque à tout moment, au fond même de l'émerveillement, on décèle un frisson devant la vertigineuse vanité des choses, qui s'ouvre sur le tragique : tout cet excès d'énergie, pour quoi faire ? C'est ce qu'exprime, dans *Une trop bruyante solitude,* la curieuse opposition entre la figure de Jésus vu en athlète métaphysique et Lao-tseu, le sage de la désillusion. Si Hrabal prend le parti, en définitive, du champion Jésus, c'est parce qu'il lui répugne d'adhérer au rétrécissement volontaire, au ratatinement que semble imposer la conscience de la vanité et qu'il soupçonne de n'être que le masque de l'épuisement vital et de cacher une sordide complicité avec le scandale de la mort. Ce qu'il y a de beau et de préférable dans l'incurable vanité de la vie, c'est qu'elle est invincible, qu'elle en remet toujours, jamais fatiguée, jamais brisée.

Ainsi Hrabal est-il un écrivain qui pardonne à la vie, à cause de la passion et de l'invention infinie que l'homme déploie pour la garder et l'entretenir, à son tour ébahi, ébloui, entraîné par cet acharnement à vivre qui est à la base de tout et se passe de justification. La confiance dans l'instinct que cela suppose n'est cependant pas une confiance morale. L'instinct n'est pas foncièrement bon, c'est simplement la vie qui est irrésistible et suffisamment justifiée par cela. Profondément choqué sur le plan métaphysique, Hrabal ne porte pas de jugement moral sur la vie : il est proprement le contraire d'un métaphysicien moraliste – aux antipodes, donc, d'un Cioran. Il n'y a aucune visée satirique dans le tableau qu'il donne du ridicule humain ; ce ridicule constitue à ses yeux la preuve la plus vraie, la plus étonnante, quasiment héroïque et absolument émouvante, de l'appétit de vivre. Cette exaltation de la force vitale ne conduit pas au surhomme et ne cautionne pas la cruauté. Certes, Hrabal admire le barbare, et le fauve, à cause de ses belles dents, mais ce barbare est *tendre*;

d'ailleurs, les vrais forts, ce sont les faibles. La force de la vie chemine dans les petites gens, qui toutefois ne sont pas *humbles*, car enfin ils se débrouillent, ils font de grands gestes pour effrayer la mort, ce sont des originaux, des inventifs, des fiers-à-bras, de vrais salopards même, peu importe. C'est ainsi que pile et face peuvent rester liées, le foisonnement et la solitude, la légèreté et la gravité, la farce et la tragédie, et que parfois, dans quelques chefs-d'œuvre, on entrevoit le gouffre qui s'ouvre sous nos pas, fussent-ils de danse. C'est le cas surtout d'*Une bruyante solitude*, qui révèle le plus clairement la question à laquelle toute l'œuvre de Hrabal cherche sans doute à répondre : *que peut la littérature après Auschwitz ?*

Sans la terrible régression et l'expérience renouvelée de l'anéantissement que produisit dans la société tchèque l'invasion russe de 1968, Hrabal aurait-il écrit tous ses grands livres des années 1970-1980 ? Entre 1963 et 1968, il occupe le devant de la scène littéraire, il est l'écrivain le plus populaire du pays. Ce qu'il a publié jusque-là est déjà suffisant pour le faire passer à la postérité avec les félicitations du jury. Avec son humour, son art narratif qui récupère au profit de la littérature les affabulations fantastiques qui ont cours dans les brasseries populaires, Hrabal est un nouveau fleuron du génie plébéien tchèque ; il réussit l'exploit, un de plus, de faire entrer dans l'imaginaire populaire, à travers son œuvre, non seulement de bonnes doses d'avant-gardisme surréaliste (« surréalisme doux », selon un critique) mais aussi l'héritage de l'expressionnisme « existentiel » tchèque beaucoup plus désespéré et considéré comme marginal, qu'il revendique haut et clair.

De 1970 à 1976, puis de nouveau entre 1982 et 1985, Hrabal est interdit de publication : prié de rentrer sous terre. C'est pendant cette période qu'il écrit ses chefs-d'œuvre absolus : *Moi qui ai servi le roi d'Angleterre*, *Une trop bruyante solitude* (1976) et ses livres d'inspiration autobiographique (*La Chevelure sacrifiée* et surtout la trilogie *Les Noces dans la maison*). Mis à part *La Chevelure sacrifiée*, aucun de ces livres importants ne sera publié avant 1990, et Hrabal n'aura jamais droit à se manifester en public que bien muselé. L'humour y reste toujours très présent, mais son écriture s'assombrit. La solitude fait son apparition : privé brutalement de l'appui qu'il trouvait jusque-là dans la vitalité d'autrui, l'homme, revenu de ses entreprises savoureuses ou terribles, se retrouve isolé, seul avec sa vie et ses questions *(Moi qui ai servi le roi d'Angleterre)*.

Si le héros de ce dernier roman finit son existence dans une retraite érémitique, la solitude de Hanta, l'irrécupérable vieux manœuvre du papier récupéré, est *trop bruyante*, non seulement à cause de la presse à papier qui en scande le temps, mais parce que c'est une solitude au milieu des humains, et sans doute aussi parce qu'elle retentit des mots de tous ces livres que depuis trente-cinq ans il emmagasine dans sa mémoire avant de les détruire : une solitude accumulée, dont l'origine, la blessure la plus intime, se trouve bien à Auschwitz ; c'est cette blessure qui fait de lui un marginal absolu, lequel coïncide avec *le dernier civilisé.*

On sait qu'à l'époque de ses gagne-pain manuels, Hrabal fut lui-même employé dans un dépôt de papier récupéré, entre 1954 et 1959, et qu'il y connut celui qui devait fournir son nom, son naturel et sans doute une partie de sa destinée au personnage de Hanta. Parmi tous les personnages flamboyants qui traversent l'œuvre de Hrabal, cet être éprouvé et replié figure peut-être son *alter ego* le plus profond ; car ce champion à l'affût de toutes les prouesses connaissait également des abîmes suicidaires. Enfin, l'excursion de Hanta dans l'usine de pilonnage industriel ne manque pas de rappeler la mise au pilon, en 1970, de deux livres de Hrabal, tout frais sortis de l'imprimerie.

Par-delà ces repères, Hrabal nous livre, à travers le monologue de Hanta, une histoire essentielle, un bloc de vie comprimé sur un nœud de vide, la plaie merveilleuse et atroce d'un destin anéanti – à l'image même de ces cubes de vieux papier que Hanta confectionne sur sa presse, resserrés sur le message secret qui en forme le cœur. Marginal à cause de sa fidélité aux valeurs d'un monde donné pour révolu, aux valeurs de la vie digne et respectée, il fait le métier des marginaux, qui est de s'occuper des déchets, et ainsi, par un retour ironique des choses, c'est lui qui est chargé de liquider ce qui est infiniment précieux pour lui mais dépourvu d'intérêt et de prix pour la société : les œuvres de l'esprit humain. Le dernier civilisé ne doit servir qu'à balayer les derniers pauvres restes de sa propre civilisation.

La destruction ne touche ici que les signes et leur support, mais les tâches que doit accomplir contre sa propre vie le démolisseur forcé ne font que prolonger, sur le plan symbolique, le travail sale autrement terrible auquel les bourreaux contraignaient les prisonniers des camps de concentration pour les faire coopérer à leur propre mort. Et c'est bien Auschwitz qui reste présent dans l'être le plus intime de Hanta, brisant ce ressort vital que Hrabal place au-dessus des autres : son ressort érotique. Chez Hanta, l'érotisme semble éteint ; il renonce même à de tristes étreintes, impuissantes à lui faire oublier cette douleur qu'il a portée toute sa vie : la disparition de la femme qu'il a aimée dans sa jeunesse, la petite Tzigane qui un jour n'est pas revenue parce qu'elle avait été arrêtée et déportée. Il faut savoir que, dans l'œuvre de Hrabal, le thème récurrent de l'amour d'une Tzigane représente la rédemption de l'homme par l'érotisme parce qu'il réunit l'amour, la sensualité et le courage (de braver le rejet social), pour comprendre l'abîme de disgrâce où Hanta se résigne à vivre après ce malheur dont il ne perdra jamais le sentiment aigu.

On le voit, tout au long de son récit, se livrer à une étrange célébration de la destruction. Le comportement de Hanta se présente comme fortement ritualisé, c'est un grand rituel funéraire qui se met en place (soutenu par de nombreux éléments répétitifs du récit), effort qui par moments peut paraître purement esthétique et un rien niais (un pari pascalien qui, dans le vide, ne réussit pas à prendre) mais qui veut désespérément refonder la vie contre la dissolution de l'« entropie », en préservant les codes, mêmes dérisoires, d'un être structuré et *sensé*.

Ainsi, à la fin, *Une trop bruyante solitude* apparaît comme une étonnante parabole sur le sens de l'œuvre d'art. Le plus important des rituels de Hanta, c'est, en effet, la façon dont il s'y prend pour comprimer ses paquets de vieux papier : il s'agit proprement d'une démarche d'artiste, et la protestation de Hanta revêt le caractère d'un acte esthétique. Des reproductions de peintures décorent l'extérieur de chaque paquet mais, c'est un livre rare (mais *répudié*) qui est enfermé à l'intérieur.

Ce qui frappe, c'est le caractère ésotérique de ces œuvres : si l'acte de Hanta est bien un acte créateur, l'œuvre créée par cet acte n'est qu'éphémère, juste le temps du transfert vers une nouvelle destruction, et elle ne peut pas être perçue ni contemplée dans son essence propre par un spectateur ; seul Hanta sait ce qu'elle est. L'œuvre *après Auschwitz* renonce à l'éternité, mais aussi, d'une façon radicale, elle refuse de se révéler pleinement et directement à son contemplateur. Plus sévère encore que ces tableaux et statues qu'on plaçait autrefois dans des églises à des endroits où aucun humain mais Dieu seul pouvait les voir, la création de Hanta ne permet à personne de deviner sa nature profonde, son parfum spirituel unique – ce livre de Kant ou de Goethe enfermé en son centre compact.

A qui ces œuvres sont-elles donc destinées ? Si les humains ne sont plus prêts à les accueillir, pourquoi continuer à les produire ? Destinées non pas à une église mais à l'indifférente mécanique industrielle, ce n'est même pas Dieu qu'on prie de les contempler : elles ont été faites pour le Néant de Dieu, pour ce point extrême du désespoir où celui-ci, d'une façon obscure, mystérieuse et, somme toute, *douteuse,* rejoint peut-être l'espérance, tout comme, pour Hanta, le *progressus ad futurum* coïncide avec le *regressus ad originem.*

Et quand il ne peut plus envoyer ses paquets, chassé, remplacé par ces jeunes gens efficaces qui n'ont pas d'états d'âme parce que peut-être ils n'ont plus d'âme (ce n'est pas eux qui auraient l'idée puérile d'aller se retremper aux sources de la civilisation en courant en caleçon dans le stade d'Olympie), quand on l'empêche définitivement d'adresser ses vains messages à l'Industrie du Néant, alors

Hanta décide de devenir lui-même le dernier de ses vains messages ; il va liquider de ses propres mains le liquidateur coupable qui a aimé ce qu'il détruisait : non pas que tout soit perdu, puisque depuis longtemps tout est perdu – mais parce que la vie qui monte, inconsciente et pleine d'aplomb, doit réinventer son désespoir.

*Né à Brno en 1914, Bohumil Hrabal est considéré comme l'un des écrivains tchèques les plus importants de la seconde moitié du siècle. Il ne commença à publier qu'en 1963 et fut censuré pour grossièreté et pornographie, puis interdit de publication après le « coup de Prague ».* Une trop bruyante solitude, *court roman magistral, l'a fait connaître en France.* Les Noces dans la maison *l'ont rendu célèbre dans le monde entier. Il est mort à Prague le 3 février 1997.*

“ *Seul le soleil a droit à ses taches* ”

GOETHE.

# 1

Voilà trente-cinq ans que je travaille dans le vieux papier, et c'est toute ma *love story*. Voilà trente-cinq ans que je presse des livres et du vieux papier, trente-cinq ans que, lentement, je m'encrasse de lettres, si bien que je ressemble aux encyclopédies dont pendant tout ce temps j'ai bien comprimé trois tonnes; je suis une cruche pleine d'eau vive et d'eau morte, je n'ai qu'à me baisser un peu pour qu'un flot de belles pensées se mette à couler de moi; instruit malgré moi, je ne sais même pas distinguer les idées qui sont miennes de celles que j'ai lues. C'est ainsi que, pendant ces trente-cinq ans, je me suis branché au monde qui m'entoure : car moi, lorsque je lis, je ne lis pas vraiment, je ramasse du bec une belle phrase et je la suce comme un bonbon, je la sirote comme un petit verre de liqueur jusqu'à ce que l'idée se dissolve en moi comme l'alcool; elle s'infiltre si lentement qu'elle n'imbibe pas seulement mon cerveau et mon cœur, elle pulse cahin-caha jusqu'aux racines des mes veines, jusqu'aux radicelles des capillaires. Et c'est comme ça qu'en un seul mois je compresse bien deux tonnes de livres, mais pour trouver la force de faire mon travail, ce travail béni de Dieu, j'ai bu tant de bière pendant ces trente-cinq ans qu'on pourrait en remplir une piscine olympique, tout un parc de bacs à carpes de Noël. Ainsi, bien malgré moi, je suis devenu sage : je découvre maintenant que mon cerveau est fait d'idées travaillées à la presse mécanique, de paquets d'idées. Ma tête dont les cheveux se sont tous consumés, c'est la caverne d'Ali Baba, et je sais qu'ils devaient être encore plus beaux, les temps où toute pensée n'était inscrite que dans la mémoire des hommes. En ces temps-là, pour compresser des livres, il aurait fallu presser des têtes humaines; mais même cela n'aurait servi à rien, parce que les véritables pensées viennent de l'extérieur, elles sont là, posées près de vous comme une gamelle de nouilles, et tous les Konias, tous les inquisiteurs du monde brûlent vainement les livres : quand ces livres ont consigné quelque chose de valable, on entend encore leur rire silencieux au milieu des flammes, parce qu'un vrai livre renvoie toujours ailleurs, hors de lui-même. J'ai acheté une toute petite calculatrice, un petit multiplicateur-extracteur de racines, cette petite machine de la taille d'un portefeuille, et, après m'être redonné courage, j'ai fait sauter l'arrière avec un tournevis et j'ai frémi de joie, car j'ai eu la satisfaction d'y trouver une minuscule plaquette, pas plus grande qu'un timbre-poste, pas plus épaisse que dix pages de livre, et puis rien d'autre que de l'air chargé de variations mathématiques. Quand mes yeux se posent sur un vrai livre et que j'en supprime les mots imprimés, il ne reste plus que des pensées immatérielles qui voltigent dans l'air et reposent sur de l'air, c'est l'air qui les nourrit, c'est à l'air qu'elles retournent, parce que tout est air à la fin, de même que dans la sainte hostie il y a du sang sans y en avoir. Voilà trente-cinq ans que j'emballe des livres et du vieux papier et je vis dans un pays qui sait lire et écrire depuis quinze générations; j'habite un ancien royaume où c'est depuis toujours l'usage et la folie de s'entasser patiemment dans la tête images et pensées porteuses de joies inexprimables et de douleurs plus fortes encore, je vis au milieu de gens prêts à donner jusqu'à leur vie pour un paquet d'idées bien ficelées. Et maintenant, tout cela se répète en moi; voilà trente-cinq ans que j'appuie sur les boutons vert et rouge de ma presse, mais aussi trente-cinq ans que je bois des litres de bière, pas pour boire — j'ai la terreur des ivrognes —, mais pour aider la pensée, pour mieux pénétrer au cœur même des textes, parce que lorsque je lis, ce n'est pas pour m'amuser ou faire passer le temps ou encore pour mieux m'endormir; moi qui vis dans un pays où, depuis quinze générations, on sait lire et écrire, je bois pour que le lire m'empêche à jamais de dormir, pour que le lire me fasse attraper la tremblote, car je pense avec Hegel qu'un homme noble de cœur n'est pas forcément gentilhomme ni un criminel assassin. Si je savais écrire, moi, j'écrirais un livre sur les plus grands malheurs et les plus grands bonheurs des hommes. Par les livres et des livres, j'ai appris que les cieux ne sont pas humains et qu'un homme qui pense ne l'est pas davantage, non qu'il ne le veuille, mais parce que cela va contre le sens commun. Sous mes mains, dans ma presse mécanique, s'éteignent des livres rares, et ce flux je ne peux l'empêcher. Je ne suis guère plus qu'un tendre boucher. Les livres m'ont enseigné le goût et le bonheur du ravage, j'adore les pluies qui tombent en trombes et les équipes de démolition, je reste debout des heures durant à regarder les pyrotechniciens faire sauter des blocs entiers de maisons, toute une rue, comme s'ils pompaient de gigantesques pneus, je ne peux me rassasier de cette première seconde qui soulève toutes les briques, les pierres, les poutres... puis vient l'instant où les maisons s'effondrent, silencieuses, comme des vêtements, comme un paquebot qui s'affaisse brusquement dans l'océan après l'explosion des chaudières. Je me tiens là dans un nuage de poussière et dans la musique des craquements, et je pense aux profondeurs des caves où je travaille, à ma presse sur laquelle, depuis trente-cinq ans, je besogne à la lueur des ampoules électriques. Dans la cour, au-dessus de ma tête, j'entends des pas qui vont et viennent et, par l'ouverture du plafond, comme venant du ciel, je vois se déverser des cornes d'abondance, des sacs, des caisses, des boîtes qui font couler par cette trappe un flot de vieux papier, de fleurs flétries, d'emballages en gros, de programmes et de tickets périmés, d'enveloppes d'esquimau, de grandes feuilles éclaboussées de peinture, de papiers de boucherie humides de sang, de bouts de film tranchants, de corbeilles pleines de rubans de machine à écrire, de bouquets d'anniversaire; parfois même atterrit dans ma cave un paquet de journaux où quelqu'un a fourré un pavé pour faire bon poids; et puis des couteaux, des ciseaux hors d'usage, des marteaux, des tenailles pour arracher les clous, des couperets de boucher, des tasses noires de marc de café, de temps en temps une gerbe de mariée toute fanée ou une fringante couronne funèbre en plastique. Et moi, cela fait trente-cinq ans que j'écrase tout cela dans ma presse mécanique, pour le voir ensuite transporté trois fois par semaine de camions en wagons jusqu'aux fabriques de papier où les ouvriers coupent les fils de fer qui enserrent les paquets et jettent mon travail dans des alcalis et des acides assez forts pour dissoudre même les lames de rasoir qui me coupent les mains à tout instant. Cependant, tel le beau poisson qui scintille parfois dans le courant d'une rivière aux eaux sales et troubles à la sortie des usines, brille de temps en temps dans ce flot de vieux papiers le dos d'un volume précieux; ébloui, je regarde un moment ailleurs, puis je le repêche, je l'essuie à mon tablier, je l'ouvre, je hume le parfum de son texte, je concentre mon regard sur la première phrase et la lis telle une prédiction homérique, et ce n'est qu'après ça que je dépose le livre au sein de mes autres belles trouvailles, dans une caisse tapissée d'images saintes jetées par erreur dans ma cave avec des livres de prières. Ensuite, c'est une messe pour moi, un rituel de lire ces livres avant d'en placer un dans chaque paquet que je fais, car j'ai besoin, moi, d'embellir tous mes paquets, de leur donner mon caractère, ma signature. Ce qui me tracasse, c'est que mes paquets soient tous différents, ça m'oblige à faire tous les jours deux heures supplémentaires, à venir au travail une heure à l'avance, à travailler parfois même le samedi pour venir à bout de cette montagne de vieux papiers qui n'en finit jamais. Le mois dernier, on a déversé dans ma cave six cents kilos de reproductions de maîtres illustres, six cents kilos tout détrempés de Rembrandt et de Hals, de Monet et de Manet, de Klimt et de Cézanne et d'autres as encore de la peinture européenne et, maintenant, chacun de mes paquets, je l'encadre de ces reproductions; puis, le soir venu, quand ils sont tous alignés le long du monte-charge, je contemple toute cette splendeur sans jamais pouvoir m'en rassasier : ici *La Ronde de nuit*, là *Saskia*, *Le Déjeuner sur l'herbe*, *La Maison du pendu* ou encore *Guernica*. En outre, je suis aussi seul au monde à savoir qu'au cœur de chacun de mes paquets repose, grand ouvert, là *Faust*, ailleurs *Don Carlos*, au milieu d'infects cartons ensanglantés *Hypérion*, et là, un tas de vieux sacs de ciment sert de refuge à *Ainsi parlait Zarathoustra*. Il n'y a que moi au monde qui sache quel paquet sert de tombe à Goethe et à Schiller, à Hölderlin et à Nietzsche. Il n'y a que moi qui sois à la fois artiste et spectateur, et cela m'épuise, tous les jours je suis mort de fatigue, déchiré, choqué et c'est pour modérer, pour amoindrir cette énorme dépense de moi-même que je bois cruche de bière sur cruche de bière et en route pour l'auberge Husensky, j'ai assez de temps pour méditer, pour rêver à mon prochain paquet. Ce n'est que pour cela que je bois ces litres de bière, pour mieux voir l'avenir, car dans chacun de mes paquets j'ensevelis une relique précieuse, un cercueil d'enfant grand ouvert qui disparaît sous les fleurs fanées, les franges d'aluminium, les cheveux d'ange, j'arrange un gentil petit nid à ces livres dont la présence dans la cave est aussi surprenante que la mienne. Voilà pourquoi j'ai toujours du retard dans mon travail, pourquoi la cour est, jusqu'au toit, obstruée par la montagne de papier qui bouche la trappe ouverte dans le plafond de la cave. Voilà pourquoi mon chef, en s'y embourbant, se fraye parfois au crochet un chemin dans le vieux papier et, par l'ouverture, m'appelle, le visage cramoisi de colère : « Hanta, tu es là ? Bon Dieu, arrête un peu de loucher sur tes livres et remue-toi ! La cour disparaît sous le papier, et toi, en bas, tu rêves et déconnes à pleins tubes ! » Et moi, au pied de la montagne de papier, je me fais tout petit comme Adam dans son buisson, un livre à la main j'ouvre des yeux affolés sur un monde étranger à celui où je me trouvais, parce que moi, quand je me plonge dans un livre, je suis tout à fait ailleurs, dans le texte... tout étonné, il me faut bien avouer être parti dans mes songes, dans un monde plus beau, au cœur même de la vérité. Tous les jours, dix fois par jour, je suis ébahi d'avoir pu m'en aller si loin de moi-même. Ainsi étranger, aliéné à moi-même, je m'en reviens chez moi en silence, plongé dans une méditation profonde, je marche dans la rue, perdu dans le flot de livres que j'ai trouvé ce jour-là et que j'emporte dans mon cartable, j'évite les tramways, les autos, les piétons, je passe au vert sans m'en rendre compte, sans heurter les passants ou les réverbères, j'avance, empestant la bière et la crasse, mais je souris car j'ai dans mon cartable des livres dont j'attends ce soir même qu'ils me révèlent sur moi ce que j'ignore encore. J'avance dans le vacarme de la rue, sans jamais traverser au rouge, je peux marcher inconsciemment, dans un demi-sommeil au seuil de la conscience, l'image des paquets pressés ce jour-là s'éteint en moi tout doucement, j'ai la sensation physique d'être moi-même un paquet de livres écrasés, je sens brûler en moi une petite flamme, semblable à celle d'un chauffe-eau ou d'un Frigidaire à gaz, la veilleuse éternelle que je ranime chaque jour de l'huile des pensées qu'en travaillant j'ai lues malgré moi dans les livres que j'emporte maintenant chez moi. Ainsi je m'en reviens, semblable à une maison qui brûle, à une écurie en flammes, du feu jaillit la lumière de la vie, ce feu issu du bois qui meurt, la douleur hostile reste mêlée aux cendres, et moi, il y a trente-cinq ans que je presse du vieux papier sur ma presse mécanique, dans cinq ans je prends ma retraite et ma machine avec moi, je ne la laisserai pas tomber, je fais des économies, j'ai même pour ça un livret de caisse d'épargne, on partira ensemble à la retraite... Cette machine, je l'achèterai à l'entreprise, je la mettrai chez moi, quelque part sous les arbres dans un coin du jardin de mon oncle, et là je ne ferai plus qu'un seul paquet par jour, mais alors quel paquet! Un paquet à la puissance dix, une statue, une œuvre d'art, j'y enfermerai toutes les illusions de ma jeunesse, tout mon savoir, tout ce que j'ai appris pendant ces trente-cinq ans; je pourrai enfin travailler sous le coup de l'instant et de l'inspiration, un seul paquet de livres par jour, pris dans les trois tonnes que j'ai chez moi, mais un paquet dont je n'aurai pas à rougir, un paquet longuement médité à l'avance; bien plus, au moment de déposer livres et vieux papier dans la cuve de ma presse, à cet instant de création en beauté, avant le dernier coup de presse, j'y verserai paillettes et confettis, tous les jours un nouveau paquet et au bout d'un an, dans le jardin, une exposition de ces paquets où tous les visiteurs pourront, mais sous ma surveillance, créer tout seuls leurs propres paquets : quand au signal vert le plateau de la presse s'avance brusquement pour écraser de sa force prodigieuse le vieux papier orné de livres, de fleurs et de tous les résidus qu'on aura apportés avec soi, le spectateur sensible peut vivre la sensation d'être lui-même pressé dans ma presse mécanique. Enfin je suis chez moi, dans la pénombre, assis sur une chaise, la tête pendante, je sens mes lèvres humides effleurer mes genoux, ce n'est qu'ainsi que je peux faire la sieste. Quelquefois je reste là, enroulé sur moi-même jusqu'à minuit, je me réveille, je lève la tête, à l'endroit des genoux mon pantalon est trempé de salive tant j'étais replié, lové sur moi-même, comme un petit chat l'hiver, comme le bois d'un rocking-chair; je peux m'offrir le luxe de m'abandonner car je ne suis jamais vraiment abandonné, je suis simplement seul pour pouvoir vivre dans une solitude peuplée de pensées, je suis un peu le Don Quichotte de l'infini et de l'éternité, et l'infini et l'éternité ont sans doute un faible pour les gens comme moi.

# 2

Voilà trente-cinq ans que je presse du vieux papier et, durant tout ce temps, on a déversé dans ma cave tant de beaux livres que, si j'avais trois granges, elles en seraient remplies. A la fin de la Seconde Guerre mondiale, on vida un jour dans ma presse un plein panier de livres; une fois le premier choc passé, j'ouvris l'un de ces bibelots : il portait le cachet de la Bibliothèque royale de Prusse. Le lendemain, un flot de livres reliés pleine peau ruisselait par le plafond de ma cave, l'or des tranches et des titres faisait scintiller l'air... alors je remontai en courant et tombai sur deux gars; ils finirent par m'avouer que, pas loin de Nové Straseci, il y avait une grange et tellement de livres dans la paille que les yeux vous en sortaient de la tête. Avec le bibliothécaire de l'armée, je partis à Straseci. Ce n'est pas une grange qui nous apparut dans les champs, mais trois, bourrées à craquer des livres de la Bibliothèque royale de Prusse. Après les premiers instants d'euphorie, on discuta de l'affaire et pendant toute une semaine, une file d'autos militaires emporta ces livres à Prague dans une aile du ministère des Affaires étrangères, pour les renvoyer ensuite, en des temps moins agités, là d'où ils étaient venus. Mais quelqu'un trahit cette cachette, on déclara la Bibliothèque prise de guerre, et les camions reprirent la route pour convoyer ces livres dorés sur tranche et en pleine peau jusqu'à la gare où ils restèrent toute une semaine, sous une pluie battante, dans des wagons ouverts... Quand vint le tour du dernier camion, une eau dorée, mêlée de suie et d'encre d'imprimerie dégoulinait des wagons, et moi, appuyé contre une lampe, j'étais pétrifié de ce que je voyais ; quand le dernier wagon s'évanouit dans le jour mouillé, sur mon visage les larmes se mêlaient à la pluie. Je vis un sergent de ville en sortant de la gare, je lui tendis mes mains croisées et l'implorai de me passer les menottes, les bracelets, la quincaillerie, comme on dit, car je venais de commettre un crime, un crime contre l'humanité. Il finit par m'emmener, mais au commissariat, non content de se payer ma tête, on menaça de me mettre au trou par-dessus le marché. Au bout de plusieurs années, je finis par m'habituer à charger des bibliothèques entières, de beaux livres reliés en cuir et en maroquin des châteaux et des maisons bourgeoises... J'en chargeais de pleins wagons, au trentième, le train s'ébranlait *via* la Suisse ou l'Autriche où on les vendait une couronne le kilo, et personne pour s'en étonner, personne pour en pleurer, pas même moi : je souriais en suivant des yeux le train qui emportait ces collections sans prix en Suisse et en Autriche, à une couronne le kilo. J'avais déjà trouvé en moi la force de fixer froidement le malheur, d'étouffer mes émotions, je commençais alors à comprendre la beauté qu'il y a à détruire. Je chargeai bien d'autres wagons, bien d'autres trains qui partirent eux aussi en direction de l'ouest avec leur cargaison à une couronne le kilo! Debout contre un poteau, les yeux fixés sur la lanterne rouge accrochée au dernier wagon, je regardais la scène, semblable à Léonard de Vinci regardant les soldats français prendre pour cible sa statue équestre et la faire sauter morceau par morceau; tout comme moi maintenant, il restait là, attentif et content devant cette scène terrible, car il savait déjà que les cieux n'ont rien d'humain et qu'un homme qui pense ne l'est pas davantage. Un jour, à cette époque-là, me parvint la nouvelle que ma mère se mourait. Je pris mon vélo et rentrai chez moi, mais, comme j'avais très soif, je filai d'abord à la cave; à deux mains, je soulevai de terre une fraîche jatte de lait caillé... je buvais et buvais avidement quand je vis soudain deux yeux. J'avais si grand-soif que je continuai à boire, mais les yeux réapparurent, dangereusement proches des miens, comme les phares d'une locomotive la nuit dans un tunnel, quelque chose de vivant me glissa dans la bouche et je tirai par la patte une grenouille toute gigotante; je la jetai dans le jardin et finis tranquillement mon lait, semblable à Léonard. A la mort de maman tout pleurait en moi, mais je n'avais plus de larmes à verser. Au sortir du crématorium, une petite fumée montait vers le ciel, maman s'élevait joliment dans les cieux... Cela faisait dix ans que je travaillais dans les caves des dépôts de vieux papier : je gagnai par habitude le sous-sol du crématorium, j'avais l'impression de faire la même chose qu'avec les livres. On avait brûlé quatre cadavres, maman était le troisième. Sans un geste, je regardais l'ultime substance humaine, le croque-mort retirer les os pour les passer à la moulinette, puis mettre les derniers restes de ma mère dans une boîte en fer, et moi j'écarquillais les yeux comme lorsque s'éloignait le train au chargement superbe qu'on vendrait en Suisse et en Autriche une couronne le kilo. Je n'avais à l'esprit que ces vers de Sandburg : il restera de l'homme juste assez de phosphore pour fabriquer une boîte d'allumettes et juste assez de fer pour forger le clou d'un pendu. Un mois plus tard, j'entrai dans le jardin de mon oncle avec l'urne qui contenait les cendres de maman que je venais de recevoir. Assis à son poste d'aiguillage, en nous voyant mon oncle s'exclama : « Ah, ma petite sœur, te voilà de retour! » Il soupesa l'urne; il n'en restait pas lourd de sa sœur, elle qui faisait bien soixante-quinze kilos de son vivant! Et de calculer qu'il manquait au moins cinquante grammes à ses cendres. Puis il rangea l'urne sur le haut d'une armoire. Un beau jour d'été qu'il binait ses navets, il se souvint tout d'un coup que sa sœur, ma maman, raffolait des navets; il alla ouvrir l'urne avec un ouvre-boîtes et dispersa les cendres de ma mère sur ses navets qu'on dégusta plus tard. A cette époque, quand je pressais des livres dans ma presse mécanique, quand, dans un cliquetis de ferraille, je les écrabouillais par une force de vingt atmosphères, j'entendais des bruits d'ossements humains, comme si je broyais à la moulinette les crânes et les os des classiques écrasés dans ma presse, comme s'il s'agissait des phrases du Talmud : « Nous sommes semblables à des olives, ce n'est qu'une fois pressés que nous donnons le meilleur de nous-même. »

J'attache chaque paquet, je le ligote de fils de fer que je serre le plus possible, les livres tentent bien de rompre leurs liens, les fils sont les plus forts, je vois l'image d'un hercule de foire qui fait craquer ses chaînes en gonflant ses poumons, mais mon paquet est bien coincé entre ses fils, tout se calme en lui, comme dans l'urne, et je l'emmène rejoindre ses frères vaincus comme lui en mettant bien en vue les reproductions qui le décorent. Cette semaine, j'ai découvert une centaine de reproductions de Rembrandt Van Rijn, cent portraits identiques du vieil artiste à la face spongieuse, l'image d'un homme guidé par l'art et la boisson au seuil même de l'éternité, et déjà je vois s'ouvrir la dernière porte poussée de l'extérieur par un inconnu. Mon visage a pris cet aspect de pâte feuilletée boursouflée, de mur suintant et lépreux, avec le même sourire idiot, et je commence aussi à regarder la face cachée des événements humains. Or, aujourd'hui, tous mes paquets sont encadrés du portrait du vieux monsieur Rembrandt Van Rijn, dans la gueule de ma presse j'enfourne vieux papier et livres ouverts, sans plus m'apercevoir — j'en fais pour la première fois la remarque — que je presse en même temps des familles, des nids entiers de souris, souriceaux aveugles en tête, rattrapés par leurs mères qui ne les lâchent pas et partagent donc le sort de la paperasse et de la littérature. Vous ne croiriez pas tout ce qu'il y a de souris dans une cave comme celle-là, deux cents, cinq cents peut-être, des petites bêtes amicales, presque toutes à demi aveugles, qui ont en commun avec moi de se nourrir de lettres avec une préférence marquée pour les reliures en maroquin de Goethe et de Schiller. Ainsi ma cave est toujours pleine de clins d'œil et de grignotements, ces souris-là sont espiègles comme des chatons, elles grimpent aux bords de ma presse, trottinent sur son cylindre et, quand au signal vert le plateau les jette fatalement dans une situation désespérée, quand leurs piaulements s'affaiblissent, leurs sœurs deviennent graves, dressées sur leurs petites pattes de derrière, elles tendent l'oreille — quels bruits bizarres! — mais une seconde après, elles ont tout oublié et les voilà reparties à ronger les bouquins, plus ils sont vieux, plus elles aiment ça, comme du fromage bien fait, du bon vin bien vieilli. Ma vie est désormais liée à ces petites souris; le soir, j'arrose au tuyau mon tas de papier, consciencieusement je transforme ma cave en piscine, les souris sont trempées mais, quand le jet les colle au sol, elles gardent leur bonne humeur, elles attendent même ce bain pour ensuite se lécher, se réchauffer des heures entières dans leurs abris de papier. Parfois, il m'arrive d'en perdre le contrôle : perdu dans une méditation profonde, je m'en vais chercher de la bière, je rêvasse au comptoir, puis au moment de payer, j'ouvre mon manteau, et hop! voilà une souris qui saute sur le zinc! encore heureux qu'il n'y en ait pas deux qui sortent de mon pantalon, cela aussi peut arriver! Les serveuses, ça les rend folles, elles grimpent sur les chaises, se bouchent les oreilles en hurlant comme des cinglées. Moi, je souris, j'agite la main et je m'en vais, pénétré de l'image de mon prochain paquet.

Cela fait trente-cinq ans que je mets mes paquets dans une situation désespérée, je biffe les années, les mois, les jours en attendant de pouvoir prendre ma retraite avec ma presse, et, tous les jours, j'emporte des livres dans mon cartable pour les ranger chez moi, mon logement au second étage à Holesovice croule sous le poids des bouquins : il y en a plein la cave et la remise, les w.-c. sont bourrés à craquer, le garde-manger aussi, dans la cuisine, il reste juste un petit chemin pour aller à la fenêtre et au fourneau, aux w.-c., juste la place de s'asseoir; à un mètre cinquante au-dessus de la cuvette s'élève une vraie charpente avec des livres jusqu'au plafond, mais un geste imprudent, un faux mouvement, un effleurement imperceptible, et je me cogne sur les montants, une demi-tonne de livres me tombe dessus et m'écrabouille comme je suis, culotte baissée. Comme on ne peut plus y ajouter un seul volume, j'ai fait faire dans ma chambre, au-dessus des deux lits jumeaux, des étagères en forme de baldaquin, de ciel de lit et j'y ai empilé deux tonnes de livres trouvés pendant ces trente-cinq ans; quand je m'endors, ces deux tonnes de bouquins pèsent sur mes songes comme un énorme cauchemar... Si je me retourne brusquement, si je crie ou m'agite en dormant, j'entends, épouvanté, le glissement des livres, il suffirait d'un frôlement, d'un cri pour que tout s'abatte du ciel sur moi comme une avalanche, une corne d'abondance qui viderait sur moi ses livres rares et m'aplatirait comme un pou, j'ai souvent l'impression d'un complot tramé par ces livres pour venger les innocentes souris que je mets tous les jours en bouillie. Toute méchanceté se paie. Allongé sur le dos, ivre, au-dessous du baldaquin chargé de kilomètres de lecture, j'ai peur de penser à certaines choses, à des choses affreusement désagréables, à ce garde-chasse, par exemple, qui avait attrapé une belette dans sa manche retournée et qui, au lieu de l'abattre en toute justice pour avoir saigné des poules, lui avait enfoncé un clou dans la tête avant de la relâcher. La bête avait hurlé en courant dans la cour jusqu'à ce qu'elle en crève... Un an après, une décharge électrique avait tué le fils du garde qui travaillait sur une bétonneuse. Hier, je me suis tout à coup souvenu du forestier qui, avare de coups de fusil, liquidait tous les hérissons qu'il rencontrait en les empalant sur un bâton bien pointu jusqu'à ce qu'un beau jour il attrapât un cancer du foie qui le fit mourir en trois mois, une tumeur dans le ventre et l'horreur au cerveau. Cela me panique, ces idées-là, quand je crois entendre les livres comploter contre moi, cela met tellement mon équilibre en cause que je préfère dormir assis sur une chaise près de la fenêtre, épouvanté par la vision de livres m'écrasant d'abord comme un moustique avant de perforer le plancher jusqu'à la cave, comme un ascenseur dans sa cage. Je vois qu'on n'échappe pas à son destin : dans ma cave, au boulot, des livres me tombent sur la tête, et des bouteilles, des encriers, des agrafeuses et, chez moi, tous les soirs, les livres manquent de me tuer dans leur chute ou, dans le meilleur des cas, de me blesser grièvement. Et cette épée de Damoclès que j'ai moi-même fixée au plafond des w.-c. et de ma chambre m'oblige à sortir acheter de la bière, ma seule défense contre cette belle fin.

Une fois par semaine, je vais voir mon oncle pour chercher dans son grand jardin un bon emplacement pour ma presse quand nous serons à la retraite. Cette idée de faire des économies pour prendre avec moi ma presse, ce n'est pas moi qui l'ai eue, c'est mon oncle. Cheminot pendant quarante ans, il manœuvrait les barrières des passages à niveau et s'occupait des aiguillages; pendant quarante ans, comme pour moi, le boulot avait été son seul plaisir et, une fois retraité, il n'aurait pu vivre sans lui. Il s'acheta le vieux poste d'aiguillage d'une ancienne gare frontalière désaffectée, l'installa dans son jardin; ses copains, anciens chauffeurs-mécaniciens, dénichèrent à la ferraille une toute petite loco qui avait servi à trimbaler le minerai des hauts fourneaux, une petite loco Ohrenstein et Koppel avec ses rails et trois wagonnets, ils construisirent un circuit entre les arbres du vieux jardin... Les samedis et dimanches, on chauffe l'engin et en avant! L'après-midi, c'est le tour des gosses et, le soir venu, ils chantent, boivent de la bière et circulent, tout éméchés, dans leurs petits wagons, debout sur la locomotive qui ressemble à une statue du dieu Nil en Adonis allongé semé de petits bonshommes...

Un beau jour, j'étais donc allé voir mon oncle pour chercher un endroit pour moi et pour ma presse, la nuit tombait, la machine, tous phares allumés, se ruait dans les virages entre les vieux arbres fruitiers, mon oncle assis dans sa cabine d'aiguilleur actionnait ses leviers avec fièvre, aussi enthousiaste, aussi pompette que sa locomotive Ohrenstein et Koppel, çà et là luisait le métal d'un quart en aluminium. J'avançais dans les cris et les exclamations des enfants et des retraités, personne ne m'invitait à les rejoindre, personne ne me demandait si je voulais boire un coup, tant ils étaient absents, perdus dans leurs jeux qui n'étaient rien d'autre en fait que la reprise du travail chéri toute leur vie, j'avançais, marqué au front d'un signe, tel Caïn. Au bout d'une petite heure je m'éclipsai et je me retournai, on aurait pu encore m'inviter mais personne ne m'appela, au moment de passer la porte, je me retournai de nouveau : à la lueur des lanternes et de la cabine d'aiguillage s'agitaient les silhouettes des enfants et des vieux, la machine se mit à siffler et en avant sur le circuit en ellipse pour un nouveau tour dans les wagons cahotants! C'était comme la chanson d'un orgue de barbarie, toujours la même, un air si beau qu'on n'aurait plus voulu en entendre d'autre jusqu'à la mort. Mais je savais pourtant, debout près de la porte, que mon oncle me voyait, qu'il m'avait toujours vu, même quand j'étais perdu au milieu des arbres; il leva la main des commandes en agitant bizarrement les doigts, comme s'il faisait seulement vibrer l'air, je lui rendis son salut dans l'obscurité, on aurait dit que nous nous disions au revoir, emportés tous les deux dans des trains qui se croisent. Je regagnai les faubourgs, m'achetai une saucisse et, là, j'eus un choc : je n'avais pas eu besoin de la porter à ma bouche, il m'avait suffi de baisser le menton pour la sentir sur mes lèvres brûlantes; or je la tenais à hauteur de ma taille... Je regardai le sol et ce que je vis m'effraya, car l'autre bout de la saucisse touchait presque mes chaussures. Je la pris à deux mains : elle était de taille normale, j'en conclus donc que je m'étais tassé, écrasé au cours des dernières années. Rentré à la maison, je poussai la centaine de livres qui cachaient le chambranle de la porte de la cuisine, où j'avais tracé à l'encre des traits qui indiquaient ma taille selon des dates précises. Adossé au montant, je me mesurai avec un livre, me retournai pour tirer un trait et, à l'œil nu, je vis qu'en huit ans j'avais perdu neuf centimètres. Levant les yeux sur le dais de bouquins qui surplombait mon lit, je compris que je m'étais voûté sous le poids imaginaire des deux tonnes de mon baldaquin.

# 3

Pendant trente-cinq ans j'ai pressé du vieux papier et, si j'avais encore à choisir, je ne voudrais rien faire d'autre. Pourtant, une fois tous les trois mois, ma fonction changeait pour moi d'aspect, ma cave me dégoûtait, les plaintes et les remarques de mon chef me sonnaient dans la tête, hurlaient dans mes oreilles comme braillées par un ampli, mon cavement me semblait repoussant comme l'enfer, la montagne qui bouchait complètement la cour, avec son papier humide et moisi se mettait si bien à fermenter que l'odeur du fumier était suave à côté, dans les profondeurs de mon souterrain un marécage se putréfiait, de petites bulles remontaient à la surface comme des feux follets au-dessus d'une souche pourrissant dans la vase d'une fosse infecte. Il me fallait alors sortir, échapper à ma presse mécanique, mais je n'allais pas en plein air — je ne supportais plus l'air frais, ça me faisait étouffer, cracher, je m'étranglais comme si j'avais avalé la fumée d'un havane. Mon chef pouvait bien crier, se tordre les mains, menacer, je me glissais hors de ma cave et m'en allais au petit bonheur vers d'autres mondes souterrains. Ce que j'aimais le mieux, c'était d'aller voir dans leurs caves les copains du chauffage central, des gars d'instruction supérieure attachés au boulot comme des chiens à leur niche et qui en profitaient pour écrire l'histoire de leur siècle, un genre d'enquête sociologique. C'est là que j'appris que le quart monde se dépeuplait, les ouvriers de la base faisaient des études et les universitaires prenaient leur place. Mes meilleurs copains, pourtant, c'étaient les racleurs d'égout, deux académiciens qui faisaient un bouquin sur les cloaques et les égouts de Prague; c'est eux qui m'apprirent que les excréments qui coulent à la station d'épuration de Podbaba sont tout autres les dimanches et les lundis, les jours sont si bien différenciés qu'on peut établir un graphe du débit des excréments d'après le flux des préservatifs, on peut encore identifier les quartiers de la ville où on baise le plus et inversement, mais ce qui me frappait surtout, c'était leur article sur les guerres des rats et des surmulots, aussi totales que celles des hommes; justement, une de ces guerres venait de se terminer par l'absolue victoire des rats qui s'étaient immédiatement partagés en deux groupes, en deux clans, en deux sociétés organisées et à ce moment précis, dans tous les égouts, dans tous les cloaques de la ville de Prague se déchaîne une lutte à la vie et à la mort, une grande guerre des rats dont le vainqueur régnera sur toutes les ordures et tous les excréments qui coulent jusqu'à Podbaba; ces distingués égoutiers m'apprirent encore qu'une fois cette guerre terminée les vainqueurs se rescinderaient en deux camps, selon les lois de la dialectique, tout comme se fractionnent les gaz et les métaux et tout ce qui vit dans le monde pour que dans la lutte reprenne le mouvement vital; ainsi par le désir d'équilibrer les contraires, l'harmonie est atteinte et le monde dans son ensemble n'est jamais bancal. Je compris alors la justesse des mots de Rimbaud, que la lutte de l'esprit est aussi terrible que n'importe quelle guerre, je pénétrai la dure phrase du Christ : « Je ne suis pas venu apporter la paix, mais le glaive. » Je m'en revenais toujours apaisé de ces visites dans les caves et les égouts, les cloaques et les stations d'épuration; instruit malgré moi, je frémissais en pensant à ce que j'avais appris de Hegel : la seule chose terrifiante au monde, c'est ce qui est figé, pétrifié, moribond et la seule heureuse, c'est quand l'individu, ou mieux, la société des hommes, parvient, grâce à la lutte, à rajeunir, à conquérir le droit à la vie.

En regagnant mon souterrain au hasard des rues

de Prague, mes yeux, tels des rayons X, transperçaient les trottoirs jusqu'aux égouts où les états-majors de rats manœuvraient leurs armées de rongeurs, où les généraux donnaient l'ordre par radio de forcer le combat sur tel ou tel front; j'entendais sous mes pas claquer leurs dents pointues, je pensais à la mélancolie de ce monde éternellement en construction, je pataugeais dans ces cloaques, mes yeux pleins de larmes levés vers le ciel, quand j'aperçus soudain ce que je n'avais encore jamais vu, jamais remarqué : les façades, les frontons des immeubles, des bâtiments publics offraient un miroir à toutes mes aspirations, à tous les rêves de Goethe et de Hegel, ils reflétaient la beauté de la Grèce, l'hellénisme, modèle et but; j'y voyais l'ordre dorique, ses colonnes, ses triglyphes et ses corniches, les frises et les volutes ioniques, les feuilles d'acanthe corinthiennes, des vestibules de temple, des cariatides, des balustrades jusqu'aux toits des maisons; cette même Grèce, je la retrouvais encore dans les faubourgs, sur des maisons ordinaires aux portes et aux fenêtres ornées de femmes et d'hommes nus et d'une flore exotique. En avançant, je me souvins de ce que m'avait dit un jour un chauffeur diplômé de la faculté, que l'Europe orientale ne commence pas aux portes de Prague, mais seulement là où l'on ne trouve plus de vieille gare autrichienne classique, quelque part en Galicie, à l'extrême limite du tympan grec;

quant à Prague, si elle regorge tant d'esprit grec, sur ses façades mais surtout dans la tête de ses habitants, c'est seulement grâce aux lycées classiques et aux facultés de lettres qui gonflèrent de la Grèce et de Rome des millions de cerveaux tchèques. Et, pendant que dans les égouts de la capitale deux clans de rats se repoussent en une guerre apparemment absurde, des anges déchus travaillent dans les caves, des hommes cultivés, vaincus dans une bataille qu'ils ne menèrent jamais, mais qui, malgré tout, ne cessent de perfectionner la description du monde.

Rentré dans mon souterrain, mes petites souris me firent fête; elles sautaient, dansaient pour m'accueillir; cela me fit penser qu'il y avait une trappe au fond de la cage du monte-charge qui donnait sur les égouts. J'y descendis, pris mon courage à deux mains et arrachai le couvercle; et là, à genoux, j'écoutai la chanson des eaux d'égouts, le choc brutal des chasses d'eau, la mélodie des lavabos, la vidange des baignoires et des eaux savonneuses et puis comme le ressac de vagues minuscules, mais je tendis l'oreille et perçus clairement les cris des rats en guerre, le rongement des chairs, les plaintes et les clameurs, le clapotis, les gargouillements des corps des combattants; ces bruits venaient d'un lointain indéfinissable, mais je savais qu'il suffirait d'arracher n'importe où la grille ou le couvercle qui ferme les égouts et d'y descendre ensuite pour assister au dernier combat des rats, à leur guerre, ultime en apparence, qui se terminera par de grands cris de joie, jusqu'à ce qu'on trouve une raison de tout recommencer. Je refermai la trappe et, riche d'un nouvel enseignement, m'en revins à ma presse; sous mes pieds, dans tous les égouts, un cruel combat faisait rage. Les cieux des rats non plus ne sont donc pas humains, comment pourrais-je l'être, moi qui depuis trente-cinq ans emballe du vieux papier! Je me suis d'ailleurs mis à ressembler aux rats, depuis trente-cinq ans que je vis dans les caves, je n'aime plus guère me baigner, bien qu'il y ait une salle de bains juste derrière le bureau du chef. Si je prenais un bain, j'en tomberais malade, je dois y aller tout doucement avec l'hygiène; comme je travaille avec mes mains, sans gants, je me les lave tous les soirs, mais je connais ça, moi! Si je me les lavais plusieurs fois par jour, j'aurais la peau toute gercée. Parfois, pourtant, quand l'idéal grec de beauté m'envahit, je me lave un pied ou même le cou, la semaine suivante l'autre pied ou un bras, et, quand vient l'époque des grandes fêtes religieuses, je me nettoie le torse et les jambes, mais c'est prévu d'avance et je prends de l'antigrippine contre le rhume des foins que j'attrape même quand il tombe de la neige, et je connais ça, moi!

Je travaille maintenant à ma presse mécanique,

au cœur de chaque paquet je glisse, grande ouverte, l'œuvre d'un philosophe; apaisé par ma promenade matinale à travers la ville, l'esprit rafraîchi de ne pas être seul, de savoir que des milliers de gens semblables à moi vivent dans les bas-fonds de Prague, dans ses caves et ses souterrains, la tête pleine de pensées vivantes et vivifiantes, le travail me semble plus léger, il devient mécanique et je remonte le cours du temps, jusqu'à retrouver ma jeunesse. Tous les samedis à cette époque, je repassais mon pantalon et astiquais mes chaussures, semelles comprises — quand on est jeune, on aime être propre, on aime l'image qu'on donne de soi, on essaie même de l'améliorer...

Je fais des cercles dans l'air avec mon fer rempli de braises, des étincelles volent, je m'applique à bien marquer le pli du pantalon, la bouche gonflée d'eau que je recrache sur la pattemouille, je repasse soigneusement la jambe droite toujours un peu râpée à cause du jeu de quilles où je mets toujours genou à terre en lançant la boule; en retirant le linge fumant, je suis toujours plein d'inquiétude pour le pli de mon pantalon. Puis je l'enfile et sors sur la place, avant d'arriver à l'Auberge-Basse je me retourne pour voir ma mère, admirative, qui vérifie ma tenue. C'est le soir, au bal, celle que j'attends, Marinette, entre dans la salle, les rubans qui ornent sa robe, les galons tressés dans sa natte flottent dans son sillage, la musique commence, je ne danse qu'avec elle, le monde autour de nous tourne comme un manège, du coin de l'œil je cherche une place au milieu des danseurs pour m'y envoler avec elle au rythme de la polka, les rubans de Marinette se tendent autour de nous presque à l'horizontale dans le tourbillon de la danse, retombant lentement quand je dois ralentir, se redressant quand je danse à pleins tours, ils frôlent ma main, qui tient dans la sienne la petite main de Marinette avec son petit mouchoir blanc brodé, pour la première fois je lui dis que je l'aime, elle aussi, chuchote-t-elle, et depuis les bancs de l'école, et elle se colle à moi, elle m'enlace, nous sommes plus proches que jamais auparavant, je crie « Oui ! » quand elle me demande d'être son danseur pendant le quart d'heure des dames, mais à peine a-t-il commencé qu'elle pâlit, s'excuse, s'éclipse pour un petit moment. Elle a les mains froides en rentrant, et je la fais tourner, tournoyer, pour que tous puissent voir comme je sais bien danser, quel gentil couple nous faisons; puis le rythme s'accélère, la polka devient vertigineuse, les rubans de Marinette se mettent à tourbillonner avec sa natte couleur de paille... Soudain, les autres s'arrêtent de danser, ils reculent, s'éloignent avec dégoût, on fait cercle autour de nous... Ce n'est pas l'admiration, c'est quelque chose de terrible qui les a projetés là comme une force centrifuge et que ni moi ni Marinette n'avons su remarquer à temps, mais sa mère, d'un bond, l'attrape par le bras et, pleine d'horreur et d'épouvante, l'entraîne en courant loin de la salle de bal, loin de l'Auberge-Basse pour n'y plus jamais revenir, et que je ne la revoie plus avant quelques années. Depuis ce soir-là, les gens ne lui dirent plus autrement que Marie-trempe-la-merde, car Marinette, émotionnée par le quart d'heure des dames, toute remuée par l'aveu de mon amour, avait dû faire un saut aux cabinets mal éclairés de l'auberge et trempé ses rubans dans ces latrines campagnardes remplies à ras bord d'une pyramide de fèces... Puis elle avait couru jusqu'à la salle illuminée où ses rubans, dans leur tourbillon circulaire, avaient giflé, éclaboussé tous les danseurs qui passaient à leur portée...

J'écrase du vieux papier, j'enfonce le bouton vert et le plateau de ma presse avance, j'enfonce le bouton rouge, il recule; c'est le mouvement fondamental du monde, comme les pistons d'un hélicon ou comme un cercle qui retourne nécessairement au point dont il est parti. Marinette, sans pouvoir soutenir sa gloire, avait dû supporter sa honte qui, d'ailleurs, n'était pas sa faute; ce qui lui était arrivé était humain, bien trop humain, Goethe l'aurait pardonné à Ulrique von Lewetzow et Schelling à Caroline. Seul Leibniz n'aurait sans doute guère remis à sa royale maîtresse Charlotte-Sophie l'épisode des rubans, ainsi qu'à

M$^{me}$ Gontard, Hölderlin le sensible... Cinq ans après, je retrouvai Marinette en Moravie où toute sa famille avait déménagé à cause de ces rubans; elle m'accorda le pardon que j'implorais d'elle — je me sentais toujours coupable de tout, de tous les faits divers que je lisais dans les journaux — et comme je venais de gagner cinq mille couronnes à la loterie, je l'invitai en excursion; je n'aimais pas l'argent et je voulais très vite rayer mon gain du monde pour ne pas m'embarrasser d'un livret de caisse d'épargne. Nous voilà donc partis à la montagne, à l'hôtel Renner du Mont-d'Or, j'avais choisi cet hôtel cher pour être plus vite sans soucis et sans billets. Les clients de l'hôtel m'enviaient tous Marinette et se bousculaient chaque soir pour me la piquer, mais de tous c'était l'industriel Jina le plus acharné. Je me sentais heureux, je dépensais sans compter, nous avions tout ce que nous voulions, c'était la fin février, le soleil brillait, Marinette, toute bronzée, skiait comme les autres le long des pentes étincelantes en chemise sans manches à grand décolleté, et toujours ces messieurs qui tournaient autour d'elle pendant que je buvais du cognac à petites gorgées. Avant le déjeuner, ils se retrouvaient tous sur la terrasse de l'hôtel à bronzer dans leurs chaises longues alignées en file avec trente petites tables où l'on déposait liqueurs et apéritifs fortifiants, et Marinette skiait, skiait jusqu'au dernier coup de cloche du déjeuner. Le dernier, peut-être l'avant-dernier jour de notre séjour, le cinquième en tout cas, je n'avais plus que cinq cents couronnes, j'aperçus Marinette, toute brunie, toute belle, qui descendait à skis sur les flancs du Mont-d'Or; assis dans la rangée des clients de l'hôtel, je trinquais avec l'industriel Jina pour avoir dépensé quatre mille balles en cinq jours — il me prenait aussi pour un industriel — et je vis Marinette se cacher un instant derrière les pins rabougris puis reparaître et glisser en mouvements rapides jusqu'à l'hôtel. Il faisait si beau ce jour-là, le soleil chauffait tant que toutes les chaises longues étaient occupées, les grooms avaient même dû en sortir d'autres; ma Marinette allait, venait, défilait comme chaque jour le long de la terrasse où se faisaient bronzer les clients, et vraiment l'industriel Jina avait raison, elle était à croquer ce jour-là; mais comme elle passait tout près des premiers adorateurs du soleil, je vis les femmes se retourner sur elle en étouffant un rire, et plus elle approchait de moi, plus je les voyais qui se tordaient de rire; les hommes tombaient à la renverse, se couvraient le visage d'un journal, faisaient semblant de s'évanouir ou préféraient fermer les yeux; puis Marinette me dépassa et je vis, sur un de ses skis, juste derrière ses chaussures, un énorme caca, gros comme un presse-papiers, comme dans le beau poème de Jaroslav Vrchlicky... En une seconde, je sus que c'était là le second chapitre de la vie de Marinette, de qui il est écrit qu'elle devra supporter sa honte sans connaître sa gloire. Quant à l'industriel Jina, en apercevant ce que Marinette avait fait sur ses skis, quelque part derrière un des pins rabougris du Mont-d'Or, il se trouva mal et en resta encore tout paralysé l'après-midi tandis que, jusqu'à la racine de ses cheveux, une rougeur fleurissait sur le visage de Marinette... Les cieux ne sont pas humains et un homme qui pense ne l'est pas davantage, j'écrase dans ma presse paquet après paquet, au cœur de chacun d'eux un livre est ouvert à la page la plus belle, je travaille à ma presse mais je suis en pensée avec Marinette; ce soir-là, nous avions noyé jusqu'à mon dernier sou dans le champagne, le cognac ne nous suffisait plus; en défilant devant la société avec son caca sur ses skis, Marinette, dans l'image qu'elle donnait d'elle, avait dérapé. Je passai toute la nuit à lui demander un pardon qu'elle me refusa et, fière et droite, elle quitta l'hôtel Renner, accomplissant ainsi les mots de Lao-tseu : connaître sa honte et soutenir sa gloire. Un être comme elle est un exemple sous le soleil... J'ouvre *Le Livre canonique des vertus* à la bonne page et le dépose, tel un prêtre, sur l'autel des sacrifices, au cœur même de ma cuve bourrée d'un infect papier de boulange et de sacs de ciment. Je pousse le bouton vert, toute cette saleté se met en mouvement et je reste à contempler les mâchoires de ma presse, semblables à des mains qui se serrent pour la prière du désespoir, écraser *Le Livre canonique des vertus* qui m'a fait penser, par une association lointaine, à une fraction de la vie de Marinette, la beauté de ma jeunesse. En ligne de fond à tout cela, dans les abîmes des égouts de la ville, des eaux sales grondent dans les canaux où deux clans de rats se battent à la vie et à la mort. Belle journée que ce jour-là!

# 4

Un après-midi, on m'apporta des abattoirs un plein camion de papiers et de cartons sanguinolents, des caisses bondées de ce papier que je ne pouvais pas souffrir à cause de son odeur douceâtre et puis je détestais être couvert de sang comme un tablier de boucher. Pour me venger, je glissai dans le premier paquet l'*Éloge de la folie* d'Érasme de Rotterdam, dans le second je déposai pieusement le *Don Carlos* de Schiller et, pour que le verbe aussi se fasse chair sanglante, je plaçai grand ouvert dans le troisième paquet l'*Ecce Homo* de Friedrich Nietzsche. Un essaim, une nuée de mouches à vers m'entourait sans relâche et ces atroces bêtes, cadeau des bouchers, tourbillonnaient sans cesse avec un vrombissement furieux en me frappant le visage comme des grêlons. A ma quatrième cruche de bière, un gracieux jeune homme apparut près de ma presse : je le reconnus tout de suite, c'était Jésus lui-même. Puis un vieillard au visage plissé vint lui tenir compagnie, et ce ne pouvait être que Lao-tseu, je le sus immédiatement. Ils restaient là tous deux, debout, je pouvais comparer le jeune homme et le vieux monsieur, et des milliers de mouches verdâtres, battant l'air de milliers de courbes, volaient de-ci, de-là comme privées de raison, leurs ailes et leurs corps au bruit métallique brodant de volutes un immense tableau vivant, plein de bavures comme les peintures gigantesques de Jackson Pollock.

Je ne m'étonnai pas de voir ces deux apparitions : mes ancêtres aussi avaient eu des visions quand ils avaient bu un petit verre de trop, des personnages de contes de fées leur rendaient visite; mon grand-père, c'étaient des ondines qu'il rencontrait dans ses virées, son père à lui, dans le germoir de la brasserie de Litovel, voyait des feux follets, des lutins et des fées. Quant à moi, instruit malgré moi, il m'était déjà arrivé, en m'endormant sous les deux tonnes de mon ciel de lit, de voir Schelling et Hegel, nés le même jour de la même année, ou bien encore Erasme de Rotterdam, à cheval, qui me demandait le chemin de la mer. Je n'étais donc pas surpris d'avoir aujourd'hui la visite de ces hommes que j'aimais; mais je compris pour la première fois que leur âge respectif était un facteur terriblement important pour bien pénétrer leur pensée. La danse folle, le bourdonnement furieux des mouches s'amplifiait, ma blouse était trempée de sang et, tout en enfonçant tour à tour les boutons vert et rouge de ma presse, je voyais Jésus monter toujours plus haut, gravir sans se lasser la pente d'une montagne, et Lao-tseu était déjà au sommet, je voyais un ardent jeune homme qui veut changer le monde et un vieux monsieur qui promène autour de lui des regards résignés et, par le retour aux sources, se tisse une éternité bien matelassée. Je voyais Jésus contraindre par ses prières la réalité au miracle et Lao-tseu, dans *Le Livre de la voie et de la vertu*, s'en tenir aux lois naturelles comme seul moyen de parvenir à l'innocence savante...

Et j'empoignais à pleines brassées le papier humide et ensanglanté, le visage barbouillé de sang; au signal vert, le plateau de ma presse écrasait cet horrible papier et les mouches qui n'avaient pu s'arracher aux dernières bribes de viande, ces mouches bleues, affolées par l'odeur carnée, vrombissantes, agglutinées, formaient autour de la cuve pleine de papier, en une fureur toujours accrue, un dense buisson de démence, comme les neutrons et les protons tourbillonnant dans l'atome. Je buvais ma bière à la cruche sans quitter des yeux le jeune Jésus, tout enflammé au milieu d'un groupe de garçons et de jolies filles, alors que Lao-tseu, seul, cherchait de son côté un tombeau digne de lui. Et à l'instant culminant où le papier sanglant, sous la pression extrême, laissait gicler des gouttes de sang mêlées à la bouillie de mouches, Jésus était toujours en proie à une suave extase et Lao-tseu, plongé dans une mélancolie profonde, s'appuyait à l'angle de la cuve avec indifférence et dédain; puis je vis Jésus, plein de foi, déplacer une montagne et Lao-tseu étendre dans ma cave le filet d'un intellect insaisissable, Jésus comme une spirale optimiste, Lao-tseu comme un cercle sans issue, Jésus aux prises avec des situations dramatiques et conflictuelles, Lao-tseu méditant silencieusement sur l'insolubilité du problème moral des contraires. Au signal rouge, le plateau tout imbibé de sang de ma presse s'en revint en arrière et je lançai à deux mains dans la cuve des cartons, des boîtes, des emballages humides de sang qui exhalaient des effluves de viande, je trouvai encore la force de feuilleter le livre de Friedrich Nietzsche aux pages qui racontent son amitié cosmique avec Richard Wagner, avant de le déposer dans la cuve comme un bébé dans sa baignoire, et vite, vite, je chassai l'essaim de mouches bleues et vertes qui me fouettait le visage comme les branches d'un saule dans le vent d'une tempête. Au moment de represser le bouton vert, l'escalier s'éclaira du satin de deux jupons, un rouge et un turquoise; deux Tsiganes descendaient dans ma cave à petits pas légers. Leur visite était toujours pour moi une sorte d'apparition, elles venaient me voir quand je ne les attendais plus, quand je les croyais déjà mortes, égorgées sous le couteau de leurs amants, mes jeunes Tsiganes qui collectaient toute sorte de vieux papier et le portaient sur leur dos dans d'énormes ballots comme ceux qui servaient aux femmes autrefois pour l'herbe de la forêt. Elles se dandinaient sous le fardeau dans les rues animées, les passants devaient reculer, s'effacer dans les coins, quand elles entraient sous notre porche, leur chargement bouchait le passage; elles se laissaient tomber alors sur le dos dans leur tas de papier, en débouclaient les sangles et, une fois libérées de ce joug écrasant, elles traînaient les ballots jusqu'à la balance, où, en nage, essuyant leurs fronts ruisselants, elles regardaient l'aiguille qui n'indiquait jamais moins de trente, quarante ou même cinquante kilos de boîtes, de cartons, d'emballages récupérés dans les grands magasins. Elles avaient un tel ressort, une telle énergie, ces Tsiganes, qu'on aurait cru de loin, en les voyant avec leurs ballots, qu'elles traînaient un wagonnet ou encore un tramway, mais, quand elles se sentaient tristes, qu'elles en avaient plein le dos, quand elles étaient trop éreintées par cet effort, elles filaient à ma cave; et là, jetant loin d'elles leurs bâches, elles tombaient dans le papier sec, leurs jupons remontés jusqu'au nombril, elles pêchaient Dieu sait où des cigarettes et fumaient, fumaient, allongées sur le dos en tirant sur leurs clopes comme si elles croquaient dans du chocolat. Perdu dans mon nuage de mouches, je leur criai un vague salut, la Tsigane turquoise s'allongea sur le dos, son jupon retroussé jusqu'à la taille; elle avait de belles jambes, un beau ventre nu, une belle touffe de poils lui enflammait le bas-ventre, un bras replié sur le fichu qui serrait sur sa nuque ses cheveux noirs et gras, elle fumait goulûment, la Tsigane turquoise, couchée là si ingénument... Mais la rouge, elle, faisait plutôt penser à un torchon bouchonné, éreintée qu'elle était par son fardeau tyrannique. Je leur montrai du coude mon cartable, je m'étais acheté du pain et du saucisson; quand je buvais comme ça, je remportais toujours mon casse-croûte chez moi, incapable de rien avaler, j'étais trop agité au travail, je tremblais trop, j'étais trop imbibé de bière, enfin... Les Tsiganes dégringolèrent, basculèrent du tas de papier et, la cigarette aux lèvres, se mirent à farfouiller à pleines mains dans mon cartable et à se partager le saucisson avec équité; d'un geste théâtral elles écrasèrent du talon leur mégot avec autant de soin que si c'était la tête d'une vipère, puis s'assirent et mangèrent d'abord tout le saucisson avant de s'attaquer au pain; j'aimais les regarder manger du pain, jamais elles ne le mordaient, elles le rompaient de leurs doigts, subitement sérieuses, en portaient des morceaux à leur bouche et hochaient la tête, appuyées l'une à l'autre par l'épaule comme deux bêtes de trait condamnées à tirer la même voiture jusqu'à ce qu'on les abatte. Et, quand je les rencontrais dans la rue, ces deux Tsiganes-là, leurs bâches rejetées sur l'épaule, qui fumaient en courant les magasins, elles se tenaient toujours par la taille en marchant d'un pas de polka. Elles n'avaient vraiment pas la vie simple, elles faisaient vivre de leur papier non seulement leurs deux gosses mais encore leur jules, un Tsigane qui, tous les après-midi, encaissait le pognon proportionnellement à la taille des ballots. Ce Tsigane était un drôle d'homme, avec ses lunettes cerclées d'or, sa fine moustache, ses cheveux séparés par une raie au milieu; il portait toujours en bandoulière un appareil photo. Tous les jours, il photographiait ses Tsiganes, les braves filles se figeaient dans leur plus beau sourire, il leur arrangeait le visage, reculait pour leur tirer le portrait, mais, comme il n'avait jamais de film, les Tsiganes n'avaient jamais vu une seule de ces photos, pourtant, tous les jours, elles reprenaient la pose, aussi réjouies par leur espoir que les chrétiens bercés par l'idée du paradis. Un beau jour, je les rencontrai à Liben, là où le pont enjambe la rivière, près du café Scholer; un agent de police tsigane réglait la circulation. Avec ses manchettes blanches et son bâton rayé, il se tournait d'un pas de danse, il voltigeait si joliment, si dignement, il mettait tant de fierté dans son service, ce Tsigane, que, moi aussi, j'avais dû m'arrêter. Soudain, un chatoiement rouge et turquoise accrocha mon regard : mes Tsiganes étaient là, près de la barrière, et, tout comme moi, buvaient des yeux leur frère de race au beau milieu du carrefour; autour d'elles, des enfants, des vieillards, tous tsiganes, tout éblouis, qui ne pouvaient en croire leurs yeux, inondés de fierté pour ce Tsigane qui était allé si loin dans la vie. Puis ce fut la relève, un autre agent vint remplacer son collègue tsigane qui, entouré maintenant par la foule des siens, recueillait honneurs et congratulations, mes deux Tsiganes tombèrent à genoux, le satin rouge et turquoise s'effondra en corolle autour d'elles, et elles se mirent en devoir de décrotter de leurs jupons les chaussures poussiéreuses du grand homme qui se contentait de sourire; à la fin, pourtant, sans plus pouvoir contenir la joie qu'il avait de lui-même, il éclata de rire et échangea avec toutes les filles des baisers cérémonieux, tandis que les jupons turquoise et rouge lui astiquaient ses chaussures d'uniforme.

Les Tsiganes avaient fini leur casse-croûte; elles mangèrent encore les miettes tombées dans leurs jupons, puis la Tsigane turquoise s'allongea dans le papier, se découvrit plus haut que la taille, me dévoilant innocemment son ventre en me demandant, sérieuse : « Alors, mon petit père, on s'y met ? » Je lui montrai mes mains tachées de sang, fis le geste de dérouler un store et répondis : « Pas aujourd'hui, j'ai mal au genou. » Elle haussa les épaules et rabaissa sa jupe en me regardant sans ciller, comme la Tsigane rouge assise sur l'escalier. Elles se relevèrent alors, fortifiées, rafraîchies en quelque sorte, attrapèrent les coins de leurs bâches et s'élancèrent dans l'escalier, mais avant de disparaître, la tête entre les genoux comme un mètre pliant, elles me crièrent encore de leur voix grave une sorte de salut puis s'envolèrent dans le couloir. J'entendis encore leurs pieds qui battaient le pavé de la cour de leur inimitable pas de polka, en route vers d'autres tas de papier selon les ordres du Tsigane à l'appareil photo, aux lunettes, à moustache et à raie au milieu, qui traitait à l'avance des marchés. Je repris le boulot ; mon crochet faisait dégringoler du plafond vers la cuve des boîtes, des caisses, des emballages tout imbibés de sang, du papier détrempé, le trou de la cour s'élargissait lentement, tous les bruits, toutes les voix maintenant me parvenaient comme amplifiés par un haut-parleur, quelques collecteurs se penchèrent sur la trappe, des profondeurs où se trouvait ma presse, ma presse si semblable au catafalque de Charles IV, le père de la patrie, je les voyais aussi petits que les statues sur le portail d'une église... soudain, mon chef surgit, d'une voix pleine de haine et de colère, d'une voix qui me tombait dessus, il hurlait, la douleur lui tordant les mains : « Hanta, qu'est-ce que ces tireuses de cartes, ces deux romanichelles trafiquaient encore là ? » Et moi, choqué comme d'habitude, je tombai sur un genou et, cramponné des deux mains à la cuve de ma presse, je regardai en haut; jamais je n'avais compris pourquoi mon chef ne m'aimait pas, pourquoi il s'arrangeait toujours pour me montrer sa face la plus terrible, un visage si injustement indigné, si marqué des souffrances que je lui causais qu'à chaque fois j'étais transpercé par l'idée de ma misère, moi, cet homme repoussant, ce détestable employé, qui infligeais des tourments si odieux à un patron si noble...

Je me relevai de terre comme avaient dû le faire les soldats terrorisés quand la pierre du tombeau avait sauté pour laisser le passage au Christ; je me relevai, époussetai mes genoux et repris le travail. Mon ancienne assurance m'avait abandonné, les mouches, elles, y allaient maintenant de toutes leurs forces, vrombissaient de plus en plus fort; enragées peut-être d'être privées du papier de boucherie que j'avais presque complètement pressé, affolées, qui sait, par le courant d'air qui soufflait depuis que j'avais éventré la montagne de papier, elles formaient autour de moi un buisson serré aussi dense que des framboisiers, aussi touffu que des ronces et j'avais l'impression, en les repoussant de mes mains, de me battre avec de longues épingles ou bien des fils de fer. Je travaillais, trempé d'une sueur sanglante; pendant toute la visite des Tsiganes, Jésus et Lao-tseu étaient restés près de ma presse et maintenant que j'étais seul, mécaniquement rivé au boulot dans mon abandon et cinglé sans répit par les cordons de mouches à vers, je vis Jésus, victorieux comme un champion de tennis qui vient de gagner Wimbledon, et Lao-tseu, misérable, qui ressemblait à un marchand ayant l'air de ne rien avoir malgré des réserves bien fournies; j'aperçus la réalité sanglante des symboles et des chiffres de Jésus, tandis que Lao-tseu, enveloppé d'un suaire, montrait du doigt une poutre mal équarrie; Jésus, je le vis en play-boy, Lao-tseu en vieux garçon lâché par ses glandes, Jésus, d'une main impérieuse et d'un geste puissant, maudissait ses ennemis, Lao-tseu avait baissé les bras avec résignation, je vis Jésus en romantique, Lao-tseu en classique, Jésus était le flux, Lao-tseu le reflux, Jésus le printemps, Lao-tseu l'hiver, Jésus l'amour efficace du prochain, Lao-tseu le summum du vide, Jésus comme *progressus ad futurum*, Lao-tseu *regressus ad originem*...

Enfonçant tour à tour les boutons vert et rouge, je jetai dans la cuve la dernière brassée de l'infect papier dont les bouchers avaient inondé ma cave, accompagnés de Jésus et de Lao-tseu qu'ils avaient guidés jusqu'à moi. Je déposai encore, dans le dernier paquet, la *Métaphysique des mœurs* d'Emmanuel Kant ; démentes, les mouches se posaient presque toutes sur les derniers bouts de papier taché de sang séché qu'elles suçaient avidement sans même remarquer que le plateau de la presse les écrabouillait, les tartinait en gouttes et en membranes. En entourant de fils de fer ce répugnant assemblage cubique, en l'envoyant rejoindre ses quinze frères, j'étais poursuivi du reste de l'essaim de mouches en furie, les paquets en étaient couverts, sur le rouge noirâtre de chaque goutte de sang brillait l'éclat métallique d'une mouche verte ou bleue, on aurait dit que chacun de ces cubes était un énorme cuissot de bœuf suspendu au crochet d'une boucherie de campagne en pleine chaleur d'un midi d'été. Je m'aperçus alors en levant les yeux que Jésus et Lao-tseu s'étaient éclipsés; comme mes Tsiganes aux jupons turquoise et rouge, ils avaient remonté les marches blanchies à la chaux, et ma cruche était vide. Je clopinai dans l'escalier — parfois même à trois pattes — ma trop bruyante solitude m'avait un peu tourné la tête... Ce n'est qu'à l'air frais de la ruelle de derrière que je me redressai et serrai fermement ma cruche vide. Je clignai des yeux dans l'air étincelant comme si les rayons du soleil étaient salés, je longeai le mur de la Sainte-Trinité; les terrassiers avaient percé la rue, mes Tsiganes étaient là, leurs jupons turquoise et rouge étalés sur la palissade, elles fumaient et bavardaient avec les ouvriers, des Tsiganes eux aussi. Des compagnies de Tsiganes travaillent ici dans la voirie, ça leur donne quelque chose à faire et ils y mettent beaucoup de cœur, j'aime à les regarder se battre, torse nu, avec leurs pics et leurs pioches contre la terre durcie et les pavés de la rue, j'aime les voir enfoncés dans la terre jusqu'à la ceinture comme s'ils creusaient leur propre tombe, je les aime, ces Tsiganes : leurs femmes et leur marmaille ne sont jamais très loin de leur lieu de travail, il n'est pas rare de voir une de leurs femmes, aux jupes retroussées, agrandir le fossé qu'ils ont entamé pendant qu'un jeune Tsigane s'amuse avec un enfant qu'il tient sur ses genoux; on a l'impression qu'en jouant ainsi, qu'en cajolant l'enfant les forces lui reviennent, non pas celles du corps, mais de l'âme. C'est qu'ils sont terriblement sensibles, ces gens-là, et comme une belle Madone tchèque à l'Enfant, ils ont parfois si bien l'air d'être humains, avec leurs grands yeux remplis de la sagesse d'une culture oubliée depuis longtemps, que le sang s'en glace dans vos veines...

Il paraît que, quand nous en étions encore à courir avec des haches et à garder les chèvres, les Tsiganes, eux, avaient un État quelque part dans le monde, une structure sociale ayant déjà connu deux fois la décadence; et les Tsiganes d'aujourd'hui, installés à Prague pour la deuxième génération seulement, aiment allumer, où qu'ils travaillent, un feu rituel, un feu de nomades joyeux et crépitant pour le plaisir uniquement, une flambée de bouts de bois grossièrement taillés, semblable à un rire d'enfant, à un symbole d'éternité, antérieur à toute pensée humaine, un feu gratuit comme un don du ciel, un signe vivant des éléments que les passants désabusés ne remarquent même plus, feu né dans les tranchées des rues de Prague de la destruction de bouts de bois pour réchauffer les yeux et l'âme vagabonde... Pour réchauffer les yeux et l'âme, mais les mains aussi par temps froid, me dis-je en entrant à l'auberge Husensky. La serveuse y remplit ma cruche de quatre demis de bière, versa la mousse débordante dans une chope qu'elle me lança sur le zinc glissant pour que je la finisse, puis me tourna le dos — car, pas plus tard qu'hier, une souris avait sauté de ma manche au moment de payer. Mais peut-être étaient-ce mes mains sanglantes qui la dégoûtaient, mes mains gantées de sang séché, ou bien mon front poisseux collé de mouches à vers écrabouillées dans ma défense en grandes claques puissantes. Perdu dans mes pensées, je m'en revenais par la rue défoncée, le turquoise et le rouge des jupons chatoyaient au soleil sur le mur de la Sainte-Trinité, le Tsigane à l'appareil photo fit deux pas en arrière, regarda dans le viseur, modifia une dernière fois l'expression de ces visages colorés comme un chromo, leur releva le menton pour les figer dans un sourire bienheureux, puis, l'œil collé au viseur, il agita la main, déclencha le mécanisme et, pendant qu'il enroulait un film imaginaire, les filles riaient, battaient des mains comme des enfants, inquiètes seulement de faire bonne figure sur les photos. J'enfonçai mon chapeau sur mes yeux et traversai la rue ; je me heurtai à un passant, un professeur de philosophie complètement hagard, ses verres épais (on aurait dit deux cendriers) pointés sur moi comme le canon d'une carabine ; après un instant d'hésitation, il tira de sa poche un billet de dix couronnes qu'il me fourra dans la main en disant comme toujours : « Le petit est là? » A ma réponse affirmative, il continua comme d'habitude dans un murmure : « Vous serez bon pour lui, n'est-ce pas? » Puis je le vis qui entrait dans notre cour, et, vite, par la porte de derrière, je descendis dans la cave, ôtai mon chapeau et guettai ses pas timides, il descendait déjà sans bruit mon escalier ; quand nos regards se croisèrent, il respira : « Où se trouve le vieux? me demanda-t-il.

— Comme toujours, lui dis-je, au bistrot.

— C'est toujours la même brute avec vous? s'enhardit-il.

— Toujours, répondis-je, toujours, il m'envie d'être plus jeune que lui. »

Le professeur me tendit alors un billet de dix couronnes tout chiffonné en chuchotant d'une voix tremblotante : « Voilà, prenez ça pour vous aider à mieux chercher... Vous n'avez pas quelque chose pour moi? » Me dirigeant vers une caisse, j'en tirai de vieux numéros de la *Politique nationale* et du *Journal de la nation* avec leurs critiques dramatiques signées Miroslav Rutte ou Karel Engelmueller et les remis au professeur, chassé cinq ans plus tôt de la rédaction des *Nouvelles théâtrales* et qui, malgré cela, s'intéressait énormément aux critiques des années trente.

Un instant, il savoura son bonheur, puis rangea les journaux dans sa serviette et prit congé de moi en me glissant, comme d'habitude, un autre billet de dix couronnes. En haut des marches, il se retourna : « Cherchez, cherchez toujours!... Et maintenant, pourvu que je ne tombe pas sur le vieux! » Et il sortit dans la cour. Comme à chacune de ses visites, je me dépêchai de passer par la porte de derrière, traversai la cour du presbytère pour l'attendre devant la statue de saint Thadée, le chapeau sur les sourcils, l'air furieux et surpris ; le professeur rasait les murs et, comme toujours, il prit peur en me voyant, mais, reprenant ses esprits, il s'approcha, un billet à la main et me dit d'un ton éploré : « Ne soyez pas si dur avec ce petit, pourquoi donc ne l'aimez-vous pas? Vous serez bon pour lui, n'est-ce pas? » Sur mon hochement de tête, il partit ; je savais bien qu'il aurait dû aller tout droit à la place Charles, mais lui, comme toujours, pour abréger cette bizarre rencontre avec le vieux presseur qui traitait pire qu'un chien son confrère plus jeune, il avait pris par la cour, s'était effondré une fois passé le coin, et sa serviette encore visible semblait voltiger à ses trousses.

Un camion reculait dans notre cour, je rentrai par-derrière dans mon souterrain. En contemplant les quinze paquets alignés près du monte-charge, mon travail de la journée, je m'aperçus qu'ils étaient tous embellis d'une reproduction de Paul Gauguin, *Bonjour, M. Gauguin!* Et tous resplendissaient, irradiaient la beauté, je me pris à regretter que le camion fût déjà là, j'aurais tant voulu regarder ces images qui se superposaient comme un décor de théâtre, une toile de fond confuse, animée du grondement du chœur fatigué des mouches... Mais sur un signe du chauffeur il me fallut transporter un par un mes paquets, sur mon chariot : je buvais des yeux ces beaux *M. Gauguin*, triste de devoir les quitter, mais bah! me disais-je, une fois à la retraite et ma presse avec moi, tous mes paquets seront pour moi, je ne ferai même pas d'exposition, avec ma guigne habituelle quelqu'un voudrait sûrement m'en acheter un, un étranger peut-être, bien sûr je fixerai un prix, au moins mille marks, mais il serait capable, cet étranger, de les payer et d'emporter mon œuvre Dieu sait où, sans que je puisse jamais avoir le bonheur de la revoir... Le monte-charge enlevait un à un mes paquets, le porteur, là-haut, jurait à cause des mouches qui les suivaient et qui disparurent toutes avec le dernier. Ma cave, privée de leur folie furieuse, fut subitement triste et abandonnée, tout comme je le suis, moi. Je titubais en montant l'escalier après ma cinquième cruche de bière, je le gravissais comme une échelle, à quatre pattes, le porteur venait de déposer le dernier paquet dans les mains gantées du chauffeur qui le poussa du genou sur les autres, et sur le dos de son bleu de travail, le sang séché formait une sorte de batik sanglant, il s'assit à côté du chauffeur qui jeta ses gants de dégoût et le camion démarra. Et moi, je me sentais heureux en voyant scintiller ces tableaux identiques, ces mêmes *Bonjour, M. Gauguin !* ; ils feraient la joie des promeneurs, réjouiraient tous ceux qui croiseraient ce beau camion si bien enluminé; les mouches en folie avaient quitté la cour avec lui, mais le soleil de la rue Spalena les faisait revivre, elles volaient comme des cinglées tout autour du camion, ces folles mouches bleues, vertes et mordorées qui se feraient certainement toutes enfermer avec *M. Gauguin* dans de grandes caisses avant d'être dissoutes dans les acides et les alcalis des fabriques de papier, puisque rien, pour elles, n'était plus beau au monde que du sang déjà décomposé. Je voulus redescendre à ma cave mais me heurtai alors à mon chef; portant sur son visage le masque du martyre, il se mit à genoux et, levant ses mains jointes, m'implora : « Hanta, pour l'amour de Dieu, je t'en conjure, je t'en supplie à genoux, reprends-toi tant qu'il est encore temps, laisse tomber ces cruches de bière et mets-toi au boulot sans plus me torturer, parce que, si tu continues comme ça, j'en mourrai... » Choqué, je me penchai sur lui et le prenant doucement par le coude, je lui dis : « Revenez à vous, excellent homme, il n'est point digne de vous d'être ainsi à genoux... » En le relevant, je le sentis tout tremblant, je le priai une nouvelle fois de me pardonner, sans bien savoir du reste de quoi mais sans m'en étonner, c'était mon lot à moi de toujours m'excuser et il m'arrivait de me demander pardon à moi-même pour ce que j'étais, pour ce qui faisait ma nature... Misérable, lourd de culpabilité, je regagnai ma cave et m'étendis dans le creux encore tiède laissé par la Tsigane turquoise; je tendis l'oreille aux bruits de la rue, à cette belle musique concrète, au gargouillement incessant des eaux usées dans les cinq étages de l'immeuble, aux chasses d'eau qu'on tirait; en prêtant attention aux profondeurs de la terre, je distinguai nettement le son étouffé des eaux sales et des fèces qui déferlaient par les cloaques et les égouts; les légions de mouches à vers avaient fichu le camp, mais sous les dalles de béton les rats piaulaient, lançaient des signaux de détresse, dans tous les canaux de la capitale, leur guerre faisait toujours rage pour décider du maître absolu de ce monde souterrain. Les cieux ne sont pas humains et la vie, hors de moi et en moi, ne l'est pas davantage. *Bonjour*, *M. Gauguin!*

# 5

Tout ce que j'aperçois dans ce monde est animé d'un mouvement simultané de va-et-vient, tout s'avance et d'un coup tout recule, comme un soufflet de forge, comme ma presse sous la commande des boutons rouge et vert, clopin-clopant tout bascule en son propre contraire, et c'est grâce à cela que le monde ne cloche pas. Moi, j'emballe depuis trente-cinq ans du vieux papier ; or pour bien faire ce travail il faudrait une instruction universitaire, au moins le lycée classique, mais l'idéal en soi serait le séminaire. Ainsi, dans mon métier, la spirale et le cercle se répondent, *progressus ad futurum* et *regressus ad originem* se confondent, tout cela, je le vis avec intensité ; instruit malgré moi, malheureux d'être heureux, je me prends à considérer que *progressus ad originem* et *regressus ad futurum* peuvent bien s'accorder.

C'est ainsi que je me distrais maintenant, comme d'autres lisent *Prague-Soir* au dîner. Hier, on enterra mon oncle, ce barde qui m'ouvrit la voie en installant dans son jardin des environs de Prague un petit poste d'aiguillage avec ses rails entre les arbres, une loco Ohrenstein et Koppel et trois petits wagonnets qui reprenaient vie les samedis et dimanches pour promener les enfants et, le soir, ses amis, buvant de la bière au litre.

Hier, on enterra mon oncle, mort à son poste d'aiguillage d'une attaque d'apoplexie; c'était les vacances, ses amis lui avaient préféré le séjour des bois et les rives des étangs et mon oncle, raide mort, resta pendant quinze jours étendu dans sa cabine durant les chaleurs de juillet : lorsqu'un mécanicien le découvrit, déjà couvert de mouches et de vermine, son corps avait coulé sur le linoléum comme un camembert trop fait. Les employés des pompes funèbres ne recueillirent de lui que ce qui tenait encore dans ses vêtements, puis vinrent en toute hâte me chercher; je dus, en échange d'une bouteille de rhum, racler à la pelle et à la truelle ses restes cuits sur le lino — j'en avais pris l'habitude dans ma cave —, je grattai consciencieusement les dernières traces du corps de mon oncle, ses cheveux roux surtout s'étaient incrustés dans le sol comme un hérisson écrasé sur l'autoroute, ce n'était pas une mince affaire et je dus prendre une barre de fer pour les récupérer. Puis je fourrai tout cela sous les vêtements de mon oncle étendu dans son cercueil, le coiffai de sa casquette de cheminot encore suspendue à son clou et lui glissai entre les doigts ce si beau texte d'Emmanuel Kant, ce texte qui m'émouvait toujours... « Deux objets emplissent ma pensée d'une admiration sans cesse nouvelle et croissante... le firmament étoilé au-dessus de moi et la loi morale qui est en moi... » Mais, changeant d'avis, je feuilletai le livre du jeune Kant pour y trouver des phrases encore plus belles... « Quand la lueur frémissante d'une nuit d'été est pleine d'étoiles clignotantes, quand la lune est à son apogée, je suis lentement projeté dans un état de haute sensibilité, faite d'amitié et de mépris du monde, et de l'éternité... » J'ouvris alors son placard; la collection était bien là, cette collection que mon oncle me montrait si souvent sans provoquer mon intérêt, des boîtes remplies de ferraille multicolore; quand il travaillait encore à la gare, mon oncle s'amusait souvent à mettre sur les rails de petits bouts de cuivre, de laiton, de fer, d'étain et d'autres métaux encore; après le passage d'un train, il ramassait des formes bizarres et martelées qu'il assemblait le soir, en cycles; chaque fragment avait un nom selon les associations d'idées qu'il faisait naître, on aurait dit une collection de papillons d'Orient, des boîtes de bonbons vides, pleines de papier d'aluminium bariolé.

Je les versai, une à une, dans le cercueil de mon oncle, le recouvrant de cette précieuse quincaillerie, les croque-morts fermèrent le couvercle, et mon oncle put reposer comme un haut dignitaire, grâce à moi qui l'avais pomponné comme s'il s'agissait d'un merveilleux paquet. Puis je retrouvai ma cave, je descendis les marches à reculons, comme l'échelle d'un grenier, finis le rhum en l'arrosant de bière, et entrepris d'arracher au pic une pâte de papier informe et détrempée qui ressemblait déjà à de l'emmenthal aux trous peuplés de souris; entre deux gorgées, je bourrai la cuve de ma presse de cette bouillie abominable; crevant les tunnels des souris et défonçant leur cité, j'en enfournai des nids entiers : j'avais deux jours pour en venir à bout, deux jours pour liquider ma cave, on devait faire l'inventaire et le dépôt était fermé — jamais je n'avais eu l'idée en arrosant au jet, le soir, cette masse de vieux papier, que tout se souderait à sa base en ce magma compact; fleurs, livres, déchets de papier, laminés sous le poids de la montagne qui les écrabouillait, étaient encore plus tassés qu'un paquet au sortir de ma presse mécanique. Vraiment, pour bien faire mon travail, j'aurais dû être théologien! Au fond de cet amas, où, durant les six mois écoulés depuis le dernier inventaire, je n'avais jamais mis mon nez, le vieux papier pourrissait lentement comme de vieilles racines dans un marécage, en exhalant la senteur fade d'un fromage oublié six mois sous sa cloche, décoloré en un beige un peu grisâtre, aussi compact que du pain dur. Tard dans la nuit, je travaillais encore et pour me rafraîchir, j'allais de temps en temps dans le boyau d'aération; là, très loin de moi, tout en haut de l'étroite cheminée formée par les cinq étages de l'immeuble, j'apercevais à l'instar du jeune Kant un fragment du « firmament étoilé », puis je filais chercher de la bière par la porte de derrière, à quatre pattes et en m'aidant de l'anse de ma cruche avant de revenir tituber jusqu'à ma cave où, sur la table, à la lueur de l'ampoule, j'avais ouvert la *Théorie générale du ciel*.

Près du monte-charge, mes paquets montaient la garde : ce jour-là, j'avais entamé une centaine de grandes reproductions, mouillées, détrempées, *Les Tournesols* de Vincent Van Gogh, leurs flancs étincelaient de l'or et de l'orange des fleurs jaunes sur fond bleu; la puanteur qu'exhalaient les souris compressées, leurs nids et le papier en décomposition en devenait moins prégnante, le plateau de la presse avançait, reculait selon que j'enfonçais les boutons vert ou rouge, à chaque pause je buvais en lisant Kant, la *Théorie générale du ciel* où, dans le silence, le silence absolu de la nuit, un esprit immortel parle de concepts en un langage jusque-là inconçu, concepts que l'on peut certes comprendre, mais non point décrire... Ces phrases me bouleversaient tant qu'il me fallait courir au boyau d'aération pour regarder, très haut, ce fragment étoilé, et puis je retrouvais mon répugnant papier et les familles de souris entourées de flocons cotonneux et je les enfourchais, les jetais dans la cuve... Celui qui presse le vieux papier n'est pas plus humain que les cieux, mais ce travail, il faut quelqu'un pour le faire, ce genre d'assassinat, ce massacre d'innocents... La semaine précédente, j'avais enveloppé tous mes paquets d'un tableau de Pieter Bruegel, et aujourd'hui, le jaune et l'or des cibles et des spirales, *Les Tournesols* de Van Gogh exagéraient encore mon sentiment tragique. Ainsi travaillais-je en parsemant mon œuvre de tombeaux de souris; à tout moment, je m'arrêtais pour lire la *Théorie générale du ciel*, j'en attrapais une petite phrase que je suçais comme un berlingot, pénétré que j'étais de la grandeur démesurée de la beauté, de l'infinie pluralité qui me frappaient de tout côté, le ciel étoilé dans le boyau troué au-dessus de ma tête, sous mes pieds, les guerres de deux clans de rats dans tous les égouts et cloaques de la capitale, les vingt paquets en route vers le monte-charge, comme un convoi de vingt wagons, tout illuminés de la lumière des tournesols; dans la cuve de ma presse remplie à ras bord, la vis horizontale réduisait en purée les petites souris sans qu'elles poussent un cri, comme lorsqu'un cruel matou les attrape pour s'en faire un jouet, la nature miséricordieuse dévoilait l'horreur où s'évanouissent toutes les sécurités, horreur plus forte que la douleur qui voile celui qu'elle visite en la minute de vérité. Tout cela me frappait d'une stupeur sans bornes, je me sentais soudain sanctifié, embelli d'avoir eu le courage de ne pas sombrer dans la folie avec ce que j'avais vu ou vécu, corps et âme, dans ma trop bruyante solitude, je m'étonnais de constater que ce travail me propulsait dans le champ infini de la toute-puissance. L'ampoule éclairait la cave de sa faible lumière, au signal vert ou rouge le plateau de la presse s'avançait, reculait, j'entamai enfin la dernière couche, mon effort touchait à sa fin, je dus m'aider du genou pour permettre à ma pelle de vaincre ce papier transformé en une sorte de glaise. En jetant la dernière pelletée de cette matière humide et visqueuse, je me faisais l'idée d'être un égoutier récurant le fond d'un cloaque abandonné dans les profondeurs des égouts de la ville. Je déposai grande ouverte dans le dernier paquet la *Théorie générale du ciel*, je serrai bien les fils de fer, le fis rouler jusqu'au chariot qui l'envoya rejoindre les autres, vingt et un paquets identiques, et me laissai tomber sur une marche, les bras ballants, les mains pendantes à toucher le ciment froid du sol. Vingt et un tournesols réchauffaient cet abri sombre et souterrain, çà et là quelques souris frissonnaient, privées de leurs cachettes de papier; l'une d'elles se planta soudain devant moi, la mine menaçante, en position d'attaque, cette minuscule petite bête, sautillant sur ses pattes de derrière, essayait de me mordre, de me renverser, qui sait, ou de me blesser tout simplement; de toute la force de son corps fluet, elle bondissait et se jetait sur mes semelles humides où elle plantait ses dents. Je repoussais avec douceur chacun de ses assauts, mais, infatigable, elle revenait toujours à la charge : enfin, à bout de forces, ramassée dans un coin, elle se mit à me fixer, à me regarder dans les yeux, et moi, tremblant comme une feuille, je vis dans son regard quelque chose de plus que le ciel étoilé, de plus que la loi morale en mon âme. Alors, dans le fracas du tonnerre, m'apparut Arthur Schopenhauer... L'amour est la loi la plus haute et cet amour est compassion. Je compris soudain pourquoi Arthur haïssait tant cette brute de Hegel, mais je fus soulagé qu'ils ne conduisent ni l'un ni l'autre des armées adversaires, la guerre de ces deux-là aurait été aussi impitoyable que celle des clans de rats dans les canaux des profondeurs praguoises. Cette nuit-là, éreinté, couché en travers de mon lit sous mes deux tonnes de livres, je distinguai, dans le jour grisâtre qui filtrait de la rue chichement éclairée, les dos des volumes à travers les planches mal jointes du baldaquin. Brusquement, des bruits de grignotement brisèrent le silence, des souris travaillaient, rongeaient mon ciel de lit, et ce léger bruissement, ce tic-tac régulier de chronomètre, encore limité à quelques livres, me pétrifia d'effroi : s'il y avait là des souris, on trouverait bientôt des nids, et quelques mois plus tard une colonie, puis des villages et, en un an, conformément à la progression géométrique, une ville entière de rongeurs tarauderait mes étagères et un beau jour, un jour pas si éloigné que cela, un frôlement imprudent, un souffle suffiraient et ces deux tonnes de livres, dégringolant du ciel, me tomberaient sur la tête. Belle revanche pour ces souris que j'avais si souvent laminées dans mes paquets! Terrassé par ces grignotements, je gisais dans un demi-sommeil et comme toujours une petite Tsigane en forme de Voie lactée vint me rejoindre sur les vagues de ma rêverie, mon amour de jeunesse, une Tsigane silencieuse et candide qui m'attendait toujours à la porte des bistrots, une jambe rejetée à la façon des ballerines, la beauté qui enchanta mes jeunes années et que j'avais depuis longtemps oubliée, avec son corps graisseux, couvert de sueur, dégageant une odeur de pommade et de musc, une forte odeur de gibier, chaque fois que je la caressais, j'avais l'impression de mettre les doigts dans du beurre, toujours fagotée dans la même méchante robe pleine de taches de sauce et de soupe, avec sur les épaules des traînées de chaux et de bois vermoulu laissées là par les planches glanées dans les décombres qu'elle emportait chez moi. Je l'avais rencontrée à la fin de la guerre, je sortais de l'auberge, oui, de l'auberge Horky, elle m'emboîta le pas pour ne plus me lâcher d'une semelle, sans jamais se faire attendre ni jamais me dépasser, trottinant sans bruit derrière moi. Je lui parlai par-dessus mon épaule, « Bonsoir, je dois y aller maintenant », lui dis-je, arrivé au croisement; mais, c'était son chemin, disait-elle; j'enfilai la rue Ludmila et voulus la quitter, mais elle avait à faire plus bas; j'arrivai tout exprès au lieu-dit du Sacrifice et lui tendis la main, mais non, sa route était la mienne, et nous continuâmes donc notre chemin jusqu'au quai de l'Éternité où j'habitais alors; même sous le réverbère de notre immeuble, elle me suivit : « Adieu », lui dis-je, mais c'était aussi sa maison, je m'effaçai alors pour lui laisser le passage, mais rien à faire, elle tenait à me voir entrer le premier dans le couloir obscur; je descendis les marches de la cour et, la clé sur la porte, je me retournai pour lui dire au revoir, mais elle était aussi chez elle, elle entra donc chez moi et partagea mon lit. Au matin, quand je me réveillai, le lit encore tout chaud de sa présence, elle avait disparu. Depuis ce jour, je m'arrangeai pour rentrer chez moi à la nuit; elle m'attendait toujours, assise devant ma porte, avec sous ma fenêtre un tas de planches blanchies et de poutres rongées, récupérées dans les décombres, et se glissait dans ma chambre aussi souple qu'un chat. J'allais chercher de la bière, cinq litres dans ma cruche, et, pendant ce temps-là, elle chauffait à blanc mon petit fourneau de fonte qui ronflait même la porte ouverte, grâce à la grande cheminée de ma chambre qui autrefois avait servi de forge. Tous les jours, elle préparait le même dîner, le même goulasch aux pommes de terre et au saucisson de cheval, puis, assise près du poêle, elle le bourrait de bois, une grande lueur jaune éclairant ses épaules, son cou, son profil changeant, souligné sous la chaleur du feu d'une moiteur dorée de sueur. Allongé tout habillé sur mon lit, je me levais de temps à autre pour lamper la bière à la cruche que je lui tendais ensuite; tenant des deux mains ce vase gigantesque, elle buvait avec des bruits de gorge comme le glouglou d'une pompe lointaine. Au début, en la voyant toujours nourrir le feu, je crus que c'était pour me plaire; ce n'était pas cela, un feu était en elle, elle n'aurait sans doute pas pu vivre sans flammes. Je vécus donc avec cette Tsigane sans connaître son nom, sans qu'elle voulût connaître le mien, elle n'en sentait pas le besoin : nous nous retrouvions le soir sans mot dire, toujours au rendez-vous; jamais elle n'eut ma clé, je rentrais parfois après minuit pour l'éprouver, une ombre se faufilait dès que j'ouvrais la porte, dans une seconde elle gratterait une allumette pour faire prendre le papier et bientôt, dans le poêle, le feu crépiterait, toujours nourri du bois entassé par ses soins sous ma fenêtre pour un bon mois. Puis je la regardais rompre son pain en silence sous l'ampoule allumée, comme si elle recevait la Sainte Eucharistie : elle ramassait ensuite les miettes sur sa jupe et les jetait au feu religieusement. Étendus sur le dos, les yeux fixés au plafond, toute lumière éteinte, nous regardions danser la moire des ombres et des reflets, et quand je me levais pour prendre ma cruche sur la table, j'aurais pu me croire dans un aquarium rempli d'algues et de plantes aquatiques, dans une forêt profonde, une nuit de pleine lune, avec ces ombres vacillantes; je buvais en contemplant la Tsigane nue qui me fixait de ses yeux au blanc étincelant. Nous nous voyions bien mieux dans la pénombre que sous la lumière crue; j'aimais d'ailleurs beaucoup la nuit tombante, le crépuscule, le seul moment de la journée où j'avais l'impression que quelque chose de grand pouvait bien arriver, tout me semblait plus beau en cette heure incertaine, les rues, les places, les gens dont les visages se veloutaient comme des pensées, j'avais en cet instant l'illusion d'être un beau jeune homme, je jetais des coups d'œil dans les glaces, dans les vitrines des magasins, je n'avais plus de rides, mes doigts s'en étonnaient et m'effleuraient le visage... Le crépuscule ouvrait chaque jour la porte à la beauté.

Les braises rougeoyaient dans le poêle entrouvert, la Tsigane se levait pour remettre du bois, le corps brillant d'un nimbe d'or comme saint Ignace de Loyola sur l'église de la place Charles, puis s'étendait sur moi; regardant mon profil, elle me promenait un doigt sur le nez et la bouche avec de rares baisers, nous nous disions tout avec les mains, et nous restions allongés là, les yeux sur les étincelles du poêle de fonte tout déglingué, sorte d'antre où le bois crachait en s'éteignant des torsades de lumière. Nous ne souhaitions rien d'autre que de vivre ainsi éternellement, comme si nous nous étions tout dit depuis longtemps, comme si, venus au monde ensemble, nous ne nous étions jamais quittés.

Un jour d'automne, l'avant-dernière année de cette dernière guerre, j'achetai du papier bleu, une bobine de gros fil et de la colle et tout un dimanche, tandis que la Tsigane allait, venait sans cesse avec la cruche de bière, je fabriquai un cerf-volant. Je l'équilibrai bien pour qu'il monte droit au ciel, la Tsigane, selon mes instructions, fixa des papillotes à sa longue queue, et nous voilà partis pour le Mont-Chauve. Je le lâchai alors dans le ciel, tirai sur le fil pour qu'il reste immobile, seule sa queue ondulait, dessinant un grand S, la Tsigane s'était couvert le visage de ses mains mais ses doigts laissaient filtrer de grands yeux étonnés... Nous étions assis maintenant, je lâchai du fil et lui prêtai le cerf-volant, mais elle s'écria qu'il allait l'entraîner dans les cieux, l'enlever droit au paradis, comme la Sainte Vierge; je lui passai un bras autour du cou, nous nous envolerions tous les deux... Mais la tête sur mon épaule, elle préféra me rendre la pelote de ficelle. Soudain, l'idée d'envoyer un message grâce au cerf-volant me traversa l'esprit; comme elle refusait de reprendre le fil, trop effrayée par la pensée de s'envoler au ciel sans jamais me revoir, je fichai en terre le bâton qui retenait le fil, arrachai une page de mon carnet pour l'enfiler sur la ficelle; la Tsigane poussait de grands cris, les mains tendues vers le message qui montait en secousses saccadées, le cerf-volant tirait fortement, chaque coup de vent venu d'en haut me pénétrait dans tout le corps par le bout de mes doigts, tout à coup le message heurta enfin la pointe du cerf-volant, et ce fut comme un choc qui se répercuta en moi; des frissons me parcoururent des pieds à la tête : le cerf-volant s'était soudain changé en Dieu, moi, en Son Fils et le fil en l'Esprit-Saint, intermédiaire entre l'homme et son Dieu. Plusieurs fois encore le cerf-volant s'élança dans le ciel; la Tsigane s'y risquait maintenant, elle tenait le fil en tremblant avec moi de le voir vaciller sous les rafales du vent, la ficelle enroulée sur un doigt, elle criait d'enthousiasme... Un soir, pourtant, je ne la trouvai pas quand je rentrai chez moi; j'allumai la lumière et l'attendis dehors en vain, jusqu'à l'aube, mais elle ne revint pas, le lendemain non plus, ni le surlendemain. Plus jamais je ne la revis, ma petite Tsigane, simple comme un morceau de bois, comme le souffle de l'Esprit de Dieu, ma Tsigane qui ne voulait rien d'autre que d'allumer du feu dans mon poêle, et qui traînait sur ses épaules ces lourdes planches trouvées dans les décombres, aussi grandes que le bois d'une croix; elle ne désirait rien de plus, vraiment, que son goulasch aux pommes de terre et au saucisson de cheval, que de nourrir le feu du poêle et lancer dans le ciel d'automne un grand cerf-volant.

Plus tard, bien plus tard, j'appris que la Gestapo l'avait raflée avec d'autres Tsiganes et l'avait déportée; elle n'en n'était plus revenue, brûlée quelque part à Maidanek ou à Auschwitz dans un four crématoire. Les cieux ne sont pas humains, et moi, à cette époque, je l'étais encore... La guerre terminée, comme elle ne revenait pas, je brûlai dans la cour le cerf-volant, sa ficelle et sa longue queue ornée de papillotes par cette petite Tsigane dont j'avais oublié le nom. Longtemps après la guerre, dans les années cinquante, ma cave fut enfouie sous la littérature nazie; j'écrasais avec entrain, éclairé par la sonate suave de ma petite Tsigane, des tonnes et des tonnes de livres et de brochures toujours sur le même thème, je feuilletais des centaines de pages couvertes de photos d'hommes et de femmes délirants, au salut extasié, de vieillards, d'ouvriers, de paysans, de SS, de soldats, tous délirants, tous saluant; plein de cœur à l'ouvrage, je faisais disparaître dans la cuve de ma presse mécanique Hitler et sa suite entrant à Dantzig libérée, Hitler entrant dans Varsovie libérée, dans Prague, dans Vienne, dans Paris libérées... Hitler dans l'intimité, Hitler à la fête des moissons, Hitler et son fidèle chien-loup, Hitler en visite chez les soldats du front, Hitler en tournée d'inspection sur le mur de l'Atlantique, Hitler en route vers les villes soumises de l'Est ou bien de l'Ouest, Hitler penché sur des cartes d'état-major... Et plus j'écrabouillais de Hitler, de femmes, d'hommes et d'enfants délirants, plus je pensais à ma Tsigane qui, elle, ne délirait jamais et ne désirait rien d'autre qu'allumer mon poêle pour préparer son goulasch et remplir ma cruche de bière, elle ne voulait rien d'autre que briser le pain comme la sainte hostie et contempler ensuite le poêle, les flammes, la chaleur, les ronrons mélodiques du feu, son chant qu'elle connaissait depuis l'enfance et qui marquait sa race de liens sacrés, le feu dont la lumière triomphe de toute douleur, peignant sur les visages ce sourire mélancolique, reflet pour elle du bonheur absolu...

Allongé sur le dos en travers de mon lit, une toute petite souris me tombe sur la poitrine et, dans une glissade, s'enfuit vite se cacher, j'ai dû en emporter deux ou trois dans mon cartable ou dans les poches de mon manteau; le parfum des waters envahit la cour : il va bientôt pleuvoir, me dis-je; abruti de bière et de travail, je ne puis remuer un seul membre, en deux jours j'ai nettoyé ma cave aux dépens des souris, de ces humbles bestioles qui ne veulent rien d'autre, elles non plus, que grignoter les livres et habiter les trous du vieux papier, y mettre au monde d'autres souris et les nourrir dans ce petit nid, petites souris pelotonnées en boules comme ma petite Tsigane dans le creux de mon corps quand la nuit était froide. Les cieux ne sont pas humains, mais il y a sans doute quelque chose de plus que ces cieux-là, la pitié et l'amour que j'ai depuis longtemps oubliés, effacés totalement de ma mémoire.

# 6

Trente-cinq ans j'ai tassé du papier dans ma presse mécanique, trente-cinq ans j'ai cru que ma façon de détruire la maculature était la seule possible, mais voilà qu'aujourd'hui j'ai appris qu'à Bubny une gigantesque presse hydraulique faisait le travail de vingt engins comme le mien. Lorsque, en outre, des témoins oculaires m'affirmèrent que ce géant fabriquait des paquets de trois à quatre quintaux qu'on transportait dans des wagons à l'aide de grues roulantes, je me dis : « Il faut que tu ailles voir cela, Hanta, il faut y aller, ce sera une visite de politesse. » Mais une fois à Bubny, de voir cet immense hall de verre presque aussi grand que la gare Wilson et d'entendre gronder cette presse monstrueuse, je fus secoué de tremblements. Je restai là un moment, le regard vague, je rattachai les lacets de mes chaussures, incapable de regarder cette machine dans les yeux... C'était toujours une fête pour moi, un grand moment quand dans la masse de vieux papier je repérais le dos, la couverture d'un livre rare; je ne le prenais pas immédiatement mais, attrapant un chiffon de flanelle, je nettoyais d'abord l'arbre de ma presse, je contrôlais mes forces en jetant un coup d'œil sur le tas de papier, et puis, ouvrant enfin le beau volume, je le sentais frémir entre mes doigts comme le bouquet d'une mariée aux pieds de l'autel.

A l'époque où je jouais encore au football dans le club de notre village, c'était déjà la même chose; je le savais, on n'affichait que le jeudi le nom des joueurs sur le mur de l'Auberge-Basse, mais dès le mercredi j'étais là, le cœur battant sur mon vélo, ne pouvant me résoudre à regarder la vitrine; j'examinais le trou de la serrure, j'épelais longuement le nom de notre club et enfin, je jetais timidement les yeux sur la liste, jamais la bonne, toujours celle de la semaine précédente puisqu'on était mercredi. Le lendemain, je revenais, calmais mon émotion et lisais lentement les noms de la première équipe, de l'équipe de remplacement, puis de l'équipe junior; apercevoir mon nom parmi les remplaçants m'inondait de bonheur.

Maintenant, à Bubny, mon trouble était le même; prenant mon courage à deux mains, j'osais enfin regarder l'engin qui s'élançait jusqu'à la verrière du plafond, comme l'énorme autel de l'église

Saint-Nicolas. Or cette presse dépassait en grandeur mes imaginations, sa chaîne, aussi longue et large que le tapis roulant qui déverse lentement le charbon sous les grilles de la centrale de Holesovice, transportait lentement des livres et du papier blanc chargés par de jeunes ouvriers, des garçons et des filles aux vêtements extraordinaires, très différents des miens ou de tous les autres presseurs de vieux papier que je connaissais : les mains gainées de gants orange ou bleus, la tête coiffée d'une casquette américaine jaune à visière, ils portaient des salopettes aux fines bretelles croisées dans le dos, un genre de combinaison qui mettait en valeur la couleur des tee-shirts et des cols roulés. Nulle part d'ampoule allumée, la lumière du soleil pénétrait à flots à travers la verrière, au plafond ronronnaient des ventilateurs... C'était surtout ces gants qui m'humiliaient, jamais je n'en mettais pour mieux sentir le papier, le savourer à pleines mains; ici, personne ne semblait se soucier de goûter ce plaisir, ce charme physique inimitable du vieux papier; comme les passants sur l'escalator de la place Wenceslas, les livres s'élevaient sur le tapis roulant pour glisser à la fin dans un chaudron aussi énorme que ceux de la brasserie de Smichov; une fois remplie cette cuve monstrueuse, la chaîne s'arrêtait, une grosse vis verticale s'abaissait du plafond, écrasait le papier sous une prodigieuse poussée et, dans un grand soupir, remontait jusqu'au toit. Et tout recommençait, les secousses de la chaîne propulsaient le papier dans cette cuve ovale aussi grande que le bassin de la place Charles... C'était des chargements entiers de livres qu'on détruisait ici; apaisé maintenant, je voyais, derrière les parois vitrées, des camions décharger de pleines cargaisons de livres encore vierges qui s'en allaient directement à la poubelle sans qu'une seule de leurs pages ait pu souiller les yeux, le cœur ou le cerveau d'un homme.

Les ouvriers déchiraient les paquets, en tiraient des livres tout neufs, arrachaient les couvertures et jetaient leurs entrailles sur le tapis; et les livres, en tombant, s'ouvraient çà et là, mais personne ne feuilletait leurs pages. C'était du reste bien impossible, la chaîne ne souffrait pas d'arrêt comme j'aimais à en faire au-dessus de ma presse. Voilà donc le travail inhumain qu'on abattait à Bubny, cela me faisait penser à la pêche au chalut, au tri des poissons qui finissent sur les chaînes des conserveries cachées dans le ventre du bateau, et tous les poissons, tous les livres se valent... Enhardi, je me hasardai à grimper sur la plate-forme qui entourait la cuve; oui, vraiment, je m'y promenai comme à la brasserie de Smichov où l'on brasse en une fois cinq cents hectolitres de bière, appuyé à la rampe comme sur l'échafaudage d'une maison en construction je baissai les yeux sur la salle; comme dans une centrale électrique, le tableau de commandes brillait d'une dizaine de boutons de toutes les couleurs, et la vis tassait, pressurait ces rebuts avec autant de force que lorsqu'on serre un ticket de tram entre ses doigts sans y penser. Épouvanté, je regardai autour de moi : le soleil éclairait les vêtements des ouvriers, leurs pulls, leurs casquettes se perdaient dans une débauche de couleurs, criardes comme les plumes d'oiseaux étranges et bariolés, des perroquets, des loriots ou des martins-pêcheurs. Ce n'était pas cela qui me glaçait; en l'espace d'une seconde, je sus exactement que cette gigantesque presse allait porter un coup mortel à toutes les autres, une ère nouvelle s'ouvrait dans ma spécialité, avec des êtres différents, une autre façon de travailler. Finies les menues joies, les ouvrages jetés là par erreur! Fini le bon temps des vieux presseurs comme moi, tous instruits malgré eux! C'était une autre façon de penser... Même si l'on donnait, en prime, à ces ouvriers un exemplaire de tous les chargements, c'était ma fin à moi, la fin de mes amis, de nos bibliothèques entières de livres sauvés dans les dépôts avec l'espoir fou d'y trouver la possibilité d'un changement qualitatif. Mais ce qui m'acheva, ce fut de voir ces jeunes, jambes écartées, main sur la hanche, boire goulûment à la bouteille du lait et du Coca-Cola; elle était bien finie, l'époque où le vieil ouvrier, sale, épuisé, se bagarrait à pleines mains, à bras-le-corps avec la matière!

Une ère nouvelle venait de commencer, avec ses hommes nouveaux, ses méthodes nouvelles et, quelle horreur, ses litres de lait qu'on buvait au travail alors que chacun sait qu'une vache préférerait crever de soif plutôt que d'en avaler une gorgée. Ne pouvant plus supporter ce spectacle, je contournai la presse pour voir le résultat de sa force hydraulique, un énorme ballot aussi démesuré que le mausolée d'une riche famille au cimetière d'Olsany, aussi gros qu'un coffre ignifugé de la maison Wertheim; il s'installa tout seul sur le plateau d'une grue roulante, une sorte de saurien qui, se retournant par saccades, le chargea directement sur un wagon. Je levai mes mains pour les examiner, des mains d'homme salies, aux doigts usés par le travail, noueuses comme des sarments de vigne, puis, les laissant retomber, je restai là, les bras ballants...

Justement, c'était l'heure de la pause, la chaîne s'arrêta, les ouvriers s'assirent sous le grand tableau mural barbouillé de punaises, de liasses de paperasses et d'informations et déballèrent leur goûter; riant et bavardant, ils arrosaient sans gêne leurs sandwiches au fromage et au saucisson de lait et de Coca-Cola, et moi, rien que d'entendre les bribes de leur conversation joyeuse, je dus m'appuyer à la rambarde : j'apprenais, en effet, qu'ils formaient une brigade socialiste du travail; tous les vendredis, aux frais de l'entreprise, un bus les emmenait dans un chalet des Monts-des-Géants, l'été dernier, ils avaient visité la France et l'Italie, et cette année, projetaient-ils en allumant une cigarette, ils feraient bien un tour en Grèce et en Bulgarie. Et ils s'interpellaient, inscrivaient leurs noms sur des listes et s'incitaient les uns les autres à être tous de la partie. En les voyant se déshabiller à mi-corps pour se faire bronzer aux rayons déjà hauts du soleil, je n'étais même plus étonné; ils hésitaient sur l'emploi judicieux de leur après-midi : iraient-ils se baigner aux Bains-Jaunes ou jouer au foot à Modrany?

Leurs projets de vacances en Grèce m'avaient complètement ébranlé; moi que la lecture de Herder et de Hegel avait projeté dans la Grèce antique, moi que Friedrich Nietzsche avait initié à la vision dyonisienne du monde, je n'avais jamais pris de vacances. Mes congés se volatilisaient toujours dans le travail à rattraper, pour une absence non excusée, mon chef me rajoutait deux jours et, s'il me restait, au grand hasard, un jour par-ci, par-là, je me le faisais payer et allais au travail, toujours en retard sur le plan, toujours harcelé par une montagne de papier qui dépassait mes capacités : pendant ces trente-cinq ans le complexe de Sisyphe fut mon lot quotidien comme l'écrivirent si joliment Messieurs Sartre et Camus, ce dernier surtout. A Bubny cependant, la brigade socialiste du travail était toujours à jour; ils s'étaient remis au travail maintenant, ces garçons et ces filles aux corps hâlés d'éphèbes grecs; ça ne leur faisait vraiment ni chaud ni froid d'aller passer leur été en Hellade, ignorants qu'ils étaient d'Aristote, de Platon et de Goethe, de l'immortalité de cette Grèce antique; ils continuaient, très calmes, à déplumer leurs livres en regardant avec indifférence les pages hérissées d'épouvante, parfaitement insensibles à leur valeur cachée : ces œuvres-là, pourtant, quelqu'un avait dû les écrire, quelqu'un les corriger, les lire, les illustrer, puis les faire imprimer avant de les relier; et quelqu'un d'autre avait dû décider qu'elles n'étaient pas lisibles, les censurer, les expédier à la décharge; entassées sur des camions, elles avaient échoué ici, où les ouvriers aux gants orange et jaunes extirpaient leurs entrailles et les lançaient, pages hérissées, sur le tapis inexorable qui les entraînait en silence sous l'énorme piston; bien pressés en ballots, elles finissaient leur vie dans les fabriques de papier sous forme de feuilles vierges encore, immaculées, sans la souillure des lettres, et serviraient bientôt à imprimer de nouveaux livres...

Ainsi appuyé à la rampe en surveillant le travail de l'humanité, je vis entrer dans le soleil une institutrice accompagnée d'un groupe d'élèves. Il s'agissait sûrement d'une excursion scolaire, elle voulait montrer aux enfants le recyclage du vieux papier... Mais, à ma grande stupeur, la maîtresse prit un livre, réclama l'attention de ses pupilles et leur fit une démonstration en règle du processus d'étripage; et à leur tour, l'un après l'autre, les enfants ramassèrent un livre, détachèrent soigneusement la couverture et entreprirent de la déchirer; les livres se rebiffaient, essayaient bien de se défendre mais les petits doigts étaient les plus forts, les ouvriers les stimulaient du geste, les fronts innocents s'éclairaient tant le travail allait bon train... Je ne pouvais m'empêcher de penser au poulailler industriel de Libus, les ouvrières, en vidant adroitement les poulets tout vivants qui avançaient au rythme de la chaîne, avaient les mêmes gestes que ces petits enfants; elles plaisantaient, ces filles, elles riaient en travaillant, et des milliers de cages avançaient sur les rampes, remplies de poulets à demi morts ou vifs; quelques-uns de ces volatiles qui avaient pu s'échapper s'étaient posés sur un camion, d'autres picoraient au petit bonheur sans même avoir l'idée de s'envoler loin de la chaîne et des crochets où les jeunes filles empalaient leurs frères par le cou... Je baissai la tête; les enfants mettaient tant d'énergie à leur apprentissage qu'ils avaient dû ôter leurs pulls et leurs chandails; quelques livres, unis dans la lutte, faisaient front et de leurs tranches dures retournèrent les ongles de deux petits garçons; mais des ouvrières, venues en renfort, les envoyèrent d'une chiquenaude sur le tapis roulant, ces éternels rebelles aux feuilles hérissées, pendant que la maîtresse entourait les petits doigts d'un pansement de gaze. Les cieux ne sont pas humains et moi, c'était plus que j'en pouvais supporter. Je me détournai pour m'en aller quand je m'entendis appeler : « Hanta, eh! vieil hérisson, qu'est-ce que tu en dis? » Un de ces jeunes à casquette orange, levant son litre de lait d'un geste théâtral, comme la statue de la Liberté à New York, riait en agitant un verre; les autres aussi, tous les autres riaient, ils m'aimaient peut-être bien, ils me reconnaissaient, tout le temps que j'avais traîné là quand tout s'effondrait pour moi, je ne leur avais pas échappé une seconde, tout heureux qu'ils étaient de me voir ébranlé par leur presse gigantesque... Secoués de rires sonores, ils agitaient leurs gants jaunes et orange; me cachant la tête dans les mains, je m'enfuis en toute hâte dans un couloir bordé de milliers de paquets, tout un chargement de livres défilait, se jetant en arrière au fur et à mesure de ma course en avant, laissant loin derrière moi ces cascades de rire qui résonnaient dans toutes les tonalités. Au bout de ce long couloir, je m'arrêtai; n'y pouvant plus tenir, j'ouvris un des paquets : ces livres qui s'étaient vengés sur les petits doigts des enfants, c'était *Le Petit Lord* en trois tomes et quatre-vingt-cinq mille exemplaires... Un quart de million de *Petit Lord* pouvaient ainsi lutter contre des doigts d'enfants... J'enfilai d'autres couloirs, bordés d'autres paquets de livres sans défense; je repensai à cette excursion à Libus, les poulets qui avaient pu s'échapper des cages picoraient le long de la chaîne, puis une main les attrapait, les enfilait tout vifs sur un crochet et leur tranchait la gorge; semblables à ces poulets qui venaient d'entamer le cercle de leur destin, les livres de ce dépôt allaient prématurément à la mort.

Si je pouvais seulement aller en Grèce, me disais-je, j'irais d'abord m'incliner à Stagire où naquit Aristote, puis je ferais certainement le tour du stade d'Olympie, en caleçon long resserré par des galons, je courrais en l'honneur des champions de tous les jeux Olympiques; si je pouvais partir en Grèce... Si je pouvais partir en Grèce avec cette brigade socialiste du travail, je leur ferais des conférences sur l'architecture et la philosophie, des cours sur tous les suicidés, sur Démosthène, sur Platon et Socrate, si je pouvais les y accompagner... Mais voilà, nous entrions dans une nouvelle époque, un monde nouveau, ça leur passait bien au-dessus de la tête, à ces jeunes gens, tout sans doute était déjà bien différent. Tout en méditant, je retrouvai mon souterrain par la porte de derrière, avec sa pénombre, ses faibles ampoules et son relent de moisi, je caressai ma presse, sa cuve bien astiquée, son bois que l'âge patinait quand brusquement, un cri, une clameur lamentable et soudaine m'obligea à me retourner :

mon chef était là, les yeux injectés de sang, il hurlait au plafond sa douleur devant ma longue absence, la cour était encore envahie de papier; sans parvenir à bien comprendre ce qu'il me reprochait, je me sentais un être abject; mon chef ne me supportait plus et à plusieurs reprises, il m'assena un mot que personne encore ne m'avait jamais dit : j'étais une nullité, un zéro, un crétin... La presse gigantesque de Bubny, la jeune brigade socialiste du travail et son voyage en Grèce, et moi, en plein antagonisme moral, j'étais un crétin, un minus, encore plus petit que ma presse minuscule. Tout l'après-midi, je travaillai à en perdre l'esprit, je chargeai le papier à la fourche au rythme de Bubny, les livres aux couvertures brillantes caquetaient avec moi, mais je me défendais, me répétant sans cesse : « Non, tu n'as pas le droit, pas le droit d'entrouvrir un seul de ces bouquins, tu dois être aussi froid qu'un bourreau coréen. » Et je travaillais, comme si ce que j'enfournais était une masse de terre inerte, le moteur chauffait, la machine tournait comme une folle en toussant et sursautant sous ce rythme tout nouveau pour elle qui s'était rouillée dans cette cave. J'allai chercher un litre de lait; à la première gorgée, j'eus l'impression de barbelés qui m'entraient dans la gorge, mais je tins bon et me forçai à boire ce breuvage dégoûtant comme l'huile de foie de morue de mon enfance. En deux heures, tout était dégagé; c'était jeudi et, comme tous les jeudis, le bibliothécaire de l'université Comenius que d'habitude j'attendais tout excité déversa à mes pieds un plein panier de livres philosophiques; je les chargeai tous dans ma presse, comme si c'étaient des détritus, même la *Métaphysique des mœurs* que j'aperçus à la dérobée et cela m'arracha le cœur...

Et je pressai, je pressai avec fureur des paquets anonymes, sans la moindre reproduction de maître ancien ou moderne, je ne faisais que le boulot pour lequel on me payait, fini l'art, la création, l'enfantement dans la beauté, en continuant à ce train-là, je pourrais certainement former à moi tout seul une brigade socialiste du travail avec l'engagement d'accroître de cinquante pour cent la productivité annuelle, et j'aurais sûrement droit aux chalets de l'entreprise, j'irais certainement passer l'été en Grèce, faire en caleçon long le tour du stade d'Olympie et m'incliner à Stagire en l'honneur d'Aristote. Ainsi, buvant directement le lait à la bouteille, je travaillai, inhumain, insensible comme les gens de Bubny, et le soir tout était fini, j'avais tout écrasé, prouvant ainsi que je n'étais pas une nullité. Ce soir-là, pourtant, mon chef qui se douchait derrière les bureaux m'annonça au travers du jet ruisselant qu'il ne discuterait plus avec moi : il avait fait son rapport et me mettait à la disposition de la direction. Je restai là un moment à l'écouter qui s'essuyait, ses poils gris crissant sur la serviette éponge, et j'eus soudain la nostalgie de Marinette. Elle m'avait plusieurs fois invité à venir la voir à Klanovice, dans la banlieue de Prague où elle vivait maintenant. J'enfilai vite des chaussettes par-dessus mes pieds sales et sortis dans la rue. A la nuit tombante, l'autobus me laissa, plongé dans une mélancolie profonde, dans cette petite ville perdue au fonds des bois; je me trouvai bientôt à la barrière d'une villa; le soleil s'enfonçait derrière les arbres... j'entrai dans la maison déserte : personne dans le couloir, dans la cuisine ou dans les chambres, je m'aventurai alors dans le jardin et ce que j'y vis me sidéra plus encore que ma visite de la matinée à la presse de Bubny : se découpant sur les pins élancés et sur l'ambre du ciel où sombrait lentement le soleil, un ange m'apparut, une statue gigantesque, aussi grande que le monument du poète Cech à Vinohrady; contre la statue s'appuyait une échelle et, sur elle, un vieillard en blouse bleu clair, pantalon et chaussures blanches, modelait au marteau dans la pierre une belle tête de femme, ou plutôt ni de femme ni d'homme, mais le visage androgyne d'un ange descendu du ciel, sans traces de sexe ou de mariage; à chaque instant, le vieux monsieur regardait vers le bas, et là, dans un fauteuil, trônait ma Marinette, une rose à la main dont elle respirait le parfum; le vieil homme buvait des yeux ses traits qu'il reportait dans la pierre d'un ciseau habile, en légers coups de marteau. Marinette avait déjà les cheveux gris, mais coupés comme une bagnarde, une coiffure de petit garçon, de sportive, d'athlète touché par la grâce; un œil plus bas que l'autre lui donnait un air distingué, on aurait même dit qu'elle louchait, mais je savais que cela ne venait pas d'un défaut de vision, ce n'était qu'un œil vagabond qui s'était perdu, fixé à jamais, par-delà le seuil de l'infini, au centre même d'un triangle équilatéral, au cœur même de l'Être, je savais que son œil bigle était le signe de l'éternel défaut des diamants, comme l'a si bien écrit un existentialiste catholique. Je restais là frappé par la foudre, ce qui me stupéfiait le plus c'était les deux grandes ailes de l'ange comme deux grandes armoires blanches, elles semblaient battre faiblement, comme si Marinette les agitait doucement avant l'envol ou peut-être une seconde après son retour des cieux, et je voyais maintenant de mes propres yeux que Marinette, avec sa terreur des livres, elle qui n'en avait jamais lu un seul, s'était élevée à la fin de sa vie jusqu'à la sainteté... La nuit chassait le crépuscule, le vieil artiste, comme suspendu dans les cieux, était toujours sur son échelle qu'éclairaient ses chaussures et son pantalon blancs, Marinette me tendit une main tiède; elle s'accrocha à moi et me confia que ce vieux monsieur-là avait été le dernier de ses amants, le dernier maillon de la chaîne des hommes qu'elle avait rencontrés, mais qu'il ne l'aimait plus qu'en esprit et que pour compenser il lui sculptait ce monument dans son jardin pour la réjouir de son vivant, et qu'une fois morte, l'ange ornerait sa tombe, comme une sorte de presse-cercueil. Et pendant que le vieil artiste, debout sur son échelle, luttait à la lueur de la lune qui éclairait la trajectoire de son ciseau pour donner au visage une expression juste, Marinette me fit les honneurs de sa villa de la cave au grenier; d'une voix basse, elle me raconta qu'un ange lui était apparu, elle avait écouté ses conseils et séduit un terrassier; de ses derniers sous, elle avait acheté un terrain dans les bois, le jour, le terrassier creusait les fondations tout en passant ses nuits sous la tente avec elle, elle l'avait largué pour un maçon qui lui faisait aussi l'amour sous la tente tout en montant les quatre murs, puis ç'avait été le tour d'un charpentier qui, lui, partageait déjà sa chambre et son lit, relayé bientôt par un plombier-zingueur, lui-même remplacé une fois les travaux finis par un couvreur qui, pour le même prix, avait garni son toit de tuiles de ciment. Un peintre enduisit ensuite plafonds et murs et crépit sa façade en partageant ses nuits, un menuisier enfin lui fabriqua son mobilier. Ainsi, grâce à l'amour et à une volonté sans failles, Marinette eut sa maison, et le vieil artiste en prime, qui l'aime d'une flamme platonique et, continuant l'œuvre de Dieu, la sculpte sous l'apparence d'un ange. Nous avions fait le tour de la vie de Marinette et revenions dans le jardin. Les souliers et le pantalon blanc glissaient le long de l'échelle; la blouse bleu clair se fondait à la lueur de la lune, les souliers blancs touchèrent le sol et le vieillard chenu me tendit la main... Marinette, me dit-il, lui avait tout raconté de moi, Marinette était sa muse, elle l'avait rendu si fécond qu'il pouvait maintenant, suppléant aux puissances les plus hautes, tailler dans la pierre un ange gigantesque et tendre...

Je rentrai de Klanovice par le dernier train; grisé, je m'allongeai tout habillé sur mon lit, sous le baldaquin aux deux tonnes de bouquins, et je voyais que Marinette, sans même le vouloir, était devenue ce qu'elle n'avait jamais imaginé: de tous les gens que j'avais rencontrés dans ma vie, c'était elle qui était allée le plus loin, tandis que moi, au milieu des livres où, sans relâche, je cherchais un signe, je n'avais jamais reçu un seul message des cieux, les livres s'étaient alliés contre moi. Marinette détestait les livres, elle était pourtant devenue celle que de tout temps elle devait être, celle qui inspire l'écriture; bien plus, elle s'était envolée de ses ailes de pierre, ses ailes qui rayonnaient doucement comme les deux fenêtres éclairées d'un château Empire dans les profondeurs de la nuit. Ces ailes avaient chassé très loin notre *love story* à rubans et galons et le caca qui décorait ses skis devant l'hôtel Renner sur les flancs du Mont-d'Or.

## 7

Trente-cinq ans durant j'avais pressé du vieux papier sur ma presse mécanique, trente-cinq ans durant, j'avais pensé travailler toujours ainsi, j'avais cru qu'à la retraite, ma presse m'accompagnerait, mais, après ma visite au géant de Bubny, trois jours suffirent pour que le contraire de tous mes rêves devienne réalité. Un matin, je trouvai dans la cour deux jeunes membres de la brigade socialiste du travail, habillés comme pour jouer au base-ball avec leurs gants jaunes, leurs casquettes orange, leurs salopettes bleues montantes et leurs cols roulés verts sous les bretelles. Le chef exultant les mena à ma cave et leur montra ma presse; aussitôt chez eux, très à l'aise, ils recouvrirent ma table d'une feuille de papier propre et y posèrent leur bouteille de lait; et moi, humilié, complètement stressé, je compris soudain corps et âme que je ne pourrais jamais plus m'adapter, semblable à tous ces moines qui, incapables d'imaginer un monde différent de celui qui les avait fait vivre jusqu'alors, se suicidèrent en masse quand Copernic leur dévoila que la Terre n'était plus le centre du monde. Mon chef me donna l'ordre alors d'aller balayer la cour, de donner un coup de main là où on voudrait bien de moi, ou, si je préférais, de ne rien faire du tout, car je devais partir dès la semaine suivante faire des ballots de papier blanc dans les caves de l'imprimerie Melantrich. Le monde s'obscurcit subitement : moi qui, trente-cinq ans durant, avais travaillé dans l'encre et la maculature, moi qui ne vivais que de l'espoir de découvrir à tout instant dans cette masse infecte un beau volume, un cadeau, je devrais maintenant emballer des paquets d'une blancheur inhumaine! Cette annonce me fit perdre l'équilibre, je tombai à la renverse; assis tel un pantin désarticulé sur la première marche de l'escalier, tout échaudé par cette nouvelle, les lèvres figées dans un sourire fêlé, je restai là à regarder ces deux jeunes gens qui, du reste, n'y pouvaient rien; on leur avait simplement dit d'aller rue Spalena presser du vieux papier, ils avaient obéi, c'était leur devoir, leur pain quotidien. En les voyant remplir à la fourche la cuve de ma presse, enfoncer les boutons vert et rouge, un fol espoir me berçait : ma machine se mettrait en grève, elle se ferait porter malade, rouages encrassés, courroies brisées — mais la coquine me trahit... C'était bien autre chose qu'avec moi : retrouvant une nouvelle jeunesse, elle grondait à pleins tours et, lancée à une vitesse grand V, elle se mit à tinter — *ding!* — sans plus jamais s'arrêter; elle se moquait de moi, le travail socialiste l'avait enfin révélée à elle-même en déployant toutes ses capacités. Deux heures plus tard, on aurait juré que ces garçons travaillaient là depuis des années, ils s'étaient divisé la tâche : l'un d'eux, juché sur la montagne qui touchait le plafond, armé d'un crochet, faisait glisser le vieux papier par monceaux dans la cuve; en une heure ils avaient terminé cinq paquets; à tout instant, le chef se penchait sur la trappe, me regardait du coin de l'œil et s'exclamait, avec un battement théâtral de ses petites mains replètes : « Bravo, *molodtsi*[1], bravissimo! » Alors, fermant à demi mes paupières fatiguées, je voulus m'en aller, mes jambes ne me portaient plus, l'opprobre m'avait paralysé, ma machine m'avait échaudé avec ses répugnants *ding! ding!* annonçant que, dans une seconde, la pression atteindrait son comble. La fourche du garçon étincela soudain dans l'air de la cave, j'arrêtai au sol un livre dans sa trajectoire vers la cuve et l'essuyai

1. *Molodtsi :* Jeunes et braves garçons, gaillards, en russe. (N.d.T.)

sur ma blouse. Je le serrai un instant sur mon cœur, son contact froid me réchauffait, je l'étreignis comme une mère son enfant, comme Jan Hus sur la place de Kolin qui tient si fort une bible contre lui qu'elle est à demi enfoncée dans son corps; les garçons ne me voyaient pas, je leur tendis le livre avec ostentation mais ils n'y prêtèrent pas la moindre attention; je trouvai alors en moi assez de forces pour regarder la couverture : oui, il s'agissait bien d'un beau livre, Charles Lindbergh y racontait son premier vol au-dessus de l'Océan. Comme d'habitude, je pensai à François Sturm, le sacristain de la Sainte-Trinité, avec sa collection de tout ce qui pouvait paraître sur l'aviation, livres, brochures, revues, persuadé qu'il était que Icare était le précurseur du Christ, à cette petite différence près que Icare était tombé des cieux et s'était fracassé dans la mer, tandis que la fusée Atlas, puissante de cent quatre-vingts tonnes, avait projeté Jésus sur l'orbite de la Terre où, de nos jours, il règne encore. Pour la dernière fois aujourd'hui, me dis-je, je m'en irai trouver François dans son laboratoire microbiotique pour lui faire don d'un livre sur Lindbergh et l'Océan. Après quoi, finies les menues joies! Je titubais en sortant dans la cour, le chef, rayonnant, pesait Hedwige, la petite vendeuse; ah, il était à son affaire! Comme moi j'étais porté sur les livres, il l'était, lui, sur les filles, il les pesait toutes de la même manière : une première fois avec leur papier, une nouvelle fois toutes seules, puis inscrivait leur poids dans un petit carnet, folâtrait avec elles sans rien voir alentour, les apprêtait sur la balance comme s'il voulait faire une photo; il leur infligeait à chaque fois le même luxe de détails sur le mécanisme des balances Berkel tout en les enlaçant et leur tâtant les seins; en leur montrant le fonctionnement de l'aiguille, il se glissait derrière les filles, comme aujourd'hui avec Hedwige, ses mains leur entourant les hanches, sa face enfouie dans leurs cheveux dont il humait goulûment le parfum... Quels cris de joie, quels compliments; depuis la dernière pesée, Hedwige n'avait pas grossi! Il l'aidait des deux mains à descendre du plateau, lui reprenant la taille avec des petits cris... et hop! il enfouissait le nez entre ses seins. Puis c'était son tour à lui d'être pesé, il hennissait, bramait comme un vieux cerf qui voit une biche jeunette, et Hedwige inscrivait son poids sur les montants d'une porte qui ne menait nulle part. Je traversai la cour et sortis dans le soleil, mais tout m'était crépuscule ce jour-là. Dans l'ombre de l'église, d'un air totalement absent, François Sturm faisait reluire à la flanelle l'autel latéral comme s'il s'était agi d'une locomotive. Avec lui non plus, le destin n'avait pas été tendre; dans sa jeunesse, son hobby avait été les journaux, il rédigeait à la rubrique des faits divers des entrefilets sur diverses jambes cassées, mais sa spécialité c'était surtout les nouvelles du lundi, les bagarres et les rixes qui se terminaient en délire par le chargement des voyous à l'hôpital ou dans le panier à salade, il écrivait pour *Le Verbe tchèque*, *Le Journal du soir*, et ne désirait rien d'autre que de pouvoir continuer à raconter ces violences; mais son père mourut, et il dut reprendre sa charge de sacristain. En esprit, cependant, il écrivait toujours sur les ivrogneries de la Vieille et de la Nouvelle Ville dès qu'il avait un peu de temps, il s'enfermait dans sa petite chambre du presbytère, où, bien installé dans un ancien fauteuil épiscopal, il sortait un livre sur l'aviation et lisait avec passion tout ce qui lui tombait sous la main sur les nouveaux modèles d'avion et sur leurs constructeurs. Il en avait sûrement plus de deux cents, de ces livres-là, mais quand je lui tendis le livre sauvé du souterrain, je sus à son sourire que celui-là manquait encore à sa petite bibliothèque microbiotique. Les yeux mouillés d'émotion, il m'étreignait du regard, mais je savais que la belle époque de ma cave et de ses menues joies était bien révolue et que je ne pourrais plus jamais faire plaisir à François Sturm. Nous étions là, abrités sous les ailes de deux immenses anges suspendus par des guirlandes au-dessus de l'autel, quand une porte s'ouvrit sans bruit; à pas feutrés, le curé s'approcha et dit sèchement à François d'aller s'habiller, ils avaient à faire. Je sortis donc dans la matinée ensoleillée, en m'arrêtant près du prie-Dieu de saint Thadée. J'avais souvent supplié le bon saint d'intercéder au ciel pour faire tomber dans la rivière ces répugnants camions qui amenaient dans ma cour le papier écœurant des abattoirs et des boucheries; un jour, lorsque j'avais encore la force de rire, j'avais collé des étoiles sur mon chapeau et, agenouillé là, j'entendais s'exclamer les bourgeois détrônés : « Très bien, très bien, si les prolos se traînent au pied de la Croix maintenant! » Mais, aujourd'hui, je restai là, sans bouger, le chapeau enfoncé sur les yeux, lorsque l'idée me vint soudain de me mettre à genoux pour tenter ma dernière chance et prier le bon Thadée de faire un quelconque miracle; seul un miracle pourrait encore me rendre à ma presse, à ma cave, à mes livres sans lesquels je ne pouvais vivre, et je pliais déjà le genou quand je fus bousculé par le professeur d'esthétique; ses lunettes scintillaient au soleil comme deux cendriers de verre, il restait devant moi complètement paumé avec son éternelle serviette et, comme toujours quand j'avais un chapeau, il me demanda : « Comment va le petit? » Je réfléchis un moment et lui dis que le petit n'existait pas. « Mon Dieu, il n'est pas malade, au moins? » s'enquit-il avec effroi. « Non lui dis-je en ôtant mon chapeau, il n'est pas malade, mais je vous dis tout net que c'est fini maintenant, les articles de Rutte, les comptes rendus d'Engelmueller », et le professeur, affolé, de tomber à genoux et, me montrant du doigt, de s'écrier : « Vous êtes à la fois le vieux et le petit! » Je tirai mon chapeau sur mes yeux en répondant amèrement... « Oui, fini, la vieille *Politique nationale*, fini le *Journal de la nation*, ils m'ont vidé de la cave, vous comprenez? » Et j'avançai jusqu'à la maison voisine, à l'entrée de la cour où trente-cinq ans durant j'avais tant travaillé. Le professeur sautillait autour de moi, me tirait par la manche; il me glissa dans la main un billet de dix couronnes, puis un de cinq. Je regardai l'argent et lui dis tristement : « Pour mieux chercher? » Il me prit par l'épaule, et ouvrant des yeux démesurés derrière ses verres épais, des yeux qui le faisaient ressembler à un cheval, il tripota ses lunettes et bredouilla enfin : « Oui, pour mieux chercher...

— Chercher, lui dis-je, mais quoi? »

Et lui, dans un murmure confus : « Une autre chance, ailleurs. » Il s'inclina, partit d'abord à reculons, fit demi-tour et s'éclipsa comme s'il venait de quitter le repaire du malheur.

Tournant dans notre cour, j'entendis ma presse mécanique qui sonnait joyeusement comme les grelots d'un traîneau qui file dans la neige, emportant une noce ivre; je ne pus continuer, ne pus aller plus loin, même pas revoir ma presse; faisant volte-face, je me retrouvai sur le trottoir, aveuglé de soleil. Je restai là, perdu sans savoir où me diriger; pas une seule phrase des livres qui avaient eu ma foi ne me venait en aide dans ce naufrage, dans la tempête qui me secouait; je m'effondrai sur le prie-Dieu de Saint-Thadée et, me couvrant la tête de mes mains, je sombrai dans le sommeil... Peut-être rêvais-je seulement, ou bien étais-je devenu fou sous l'affront éprouvé dans tout mon être? En m'écrasant les paupières de mes paumes, je vis soudain ma presse : elle était devenue la plus énorme de toutes les presses géantes, elle était si grande qu'elle menaçait toute la ville de sa gueule; j'appuyai sur le bouton vert, elle se mit en mouvement. Devant ses parois, aussi hautes qu'un barrage de centrale hydraulique, les premiers immeubles s'écroulaient, emportant tout sur leur chemin, comme les souris qui autrefois se jetaient dans ma presse. Alors qu'au centre de la ville la vie suivait encore ses rails habituels, à la périphérie les mâchoires gigantesques de ma presse exerçaient déjà leurs ravages, écrasaient, détruisaient, rejetaient devant elles tout ce qui pouvait leur barrer la route... Je vois, je vois les stades, les églises, les bâtiments publics, je vois les rues, les ruelles, tout se tord et s'écroule, rien, pas même une souris, ne peut échapper à cette presse d'Apocalypse, le Château puis la coupole qui couronne le Musée national s'effondrent, l'eau monte dans la rivière — rien ne résiste à cette presse à la force terrible, tout plie devant elle, aussi docile que le vieux papier des caves de ma cour. Je vois, le rythme s'accélère maintenant, les parois du géant pressent devant elles tout ce qu'elles ont démoli, c'est le tour de l'église de la Sainte-Trinité, je la vois se briser sur moi, m'engloutir, je vois... Je ne vois plus; aplati, pressuré par les briques, les poutres et le prie-Dieu, je n'entends plus que les craquements des tramways et des automobilistes, les parois monstrueuses se rapprochent, plus près, plus près encore, au milieu des décombres, il y a encore bien assez d'espace, encore bien assez d'air qui gicle et siffle maintenant, mêlé aux gémissements des hommes... Je vois, au milieu d'une plaine déserte, un énorme paquet carré, un cube d'au moins cinq cents mètres de côté, Prague tout entière pressée là avec moi, avec toutes mes pensées, les textes qui m'ont imprégné toute ma vie... Ma vie qui ne tient pas plus de place qu'une de ces petites souris que les deux brigadiers du travail socialiste écrabouillent là-bas dans mon souterrain... J'ouvris les yeux tout étonnés de me retrouver toujours agenouillé sur le prie-Dieu de Saint-Thadée; hébété, je restai un moment là à fixer les fentes du dossier, puis je me relevai, suivant des yeux les autos, les traînées rouges laissées par les tramways, le flot des passants toujours pressés : les gens ne s'arrêtent jamais dans la rue Spalena, tous se hâtent de la rue Nationale à la place Charles ou de la place Charles à la rue Nationale, sur ses trottoirs étroits ils me bousculent au passage; adossé pour me protéger au mur du presbytère, les yeux perdus dans le vague, je vis alors François Sturm qui sortait tout endimanché, il avait même mis une cravate; il descendit les marches avec cérémonie, se dirigeant comme d'habitude vers notre cour; m'apercevant, il s'inclina et comme toujours, prit soin de s'informer : « Vous êtes bien monsieur Hanta? » Je lui répondis comme autrefois dans la cave ou dans la cour : « Vous le dites, je le suis. » François Sturm, alors, me tendit une enveloppe et, après une nouvelle courbette, s'en alla regagner sa petite chambre du presbytère où il changerait de vêtements car, ce jour-là comme tous les autres où je lui avais offert un livre précieux pour sa bibliothèque, il n'avait mis sa redingote, son col dur et sa cravate en feuille de chou que pour pouvoir me remettre dignement une lettre : j'en déchirai l'enveloppe et déchiffrai ces mots, imprimés sur une page blanche à en-tête décoratif : *... Laboratoire microbiotique de François Sturm... Très Honoré Monsieur, au nom du Laboratoire microbiotique, nous vous adressons nos remerciements pour le livre* *de Charles Lindbergh,* Mon vol au-dessus de l'Océan *qui viendra enrichir nos collections. En espérant que vous nous resterez longtemps favorable, pour le Laboratoire microbiotique... François Sturm.* Et sur le cachet rond dans un coin de la feuille, les mêmes lettres s'enroulaient : ... *Laboratoire microbiotique de François Sturm...* Plongé dans mes pensées, je gagnai la place Charles en déchiquetant la lettre, ce remerciement dont je savais qu'il serait le dernier : car ma machine, dans ma cave, avait sonné le glas de tous ces petits riens, ces menues joies, ma fameuse presse m'avait trahi.

Immobile, debout, je regardais l'éblouissante statue d'Ignace de Loyola cimentée sur le fronton de son église, cette statue triomphante, le corps entier auréolé, tout nimbé de lumière, cerné d'un cercle d'or qui claironnait comme une trompette... Mais ce que je vis au lieu de l'auréole, c'était une grande baignoire dorée, et Sénèque y gisait; il venait juste de s'ouvrir au couteau les veines du poignet, démontrant à lui-même la justesse de sa pensée, prouvant qu'il n'avait pas écrit en vain ce livre que j'aimais : *De tranquillitate animi.*

# 8

Adossé au comptoir de la Brasserie-Noire, je bois un demi; à partir d'aujourd'hui, te voilà seul, mon bonhomme, tu dois faire face tout seul, te forcer à voir du monde, t'amuser, te jouer la comédie aussi longtemps que tu t'accrocheras à cette terre; à partir d'aujourd'hui ne tourbillonnent plus que des cercles mélancoliques... En allant de l'avant tu retournes en arrière, oui : *progressus ad originem* et *regressus ad futurum*, c'est la même chose, ton cerveau n'est rien qu'un paquet d'idées écrasées à la presse mécanique.

En buvant au soleil, je regardais couler le flot des passants sur la place Charles; des jeunes, rien que des jeunes, des étudiants; tous ils étaient marqués au front d'une étoile, signe de l'embryon du génie que chaque être porte en lui au début de sa vie; leur regard irradiait la force, cette force qui jaillissait de moi avant que mon chef ne me dise que j'étais un crétin. Je suis appuyé contre la rambarde, les tramways circulent, ils descendent dans un sens et remontent dans l'autre, leurs bandes rouges me font du bien... J'ai le temps maintenant, je pourrais aller faire un tour à l'hôpital des Franciscains, on m'a dit que l'escalier du premier étage avait été construit du bois de l'échafaud où périt la noblesse tchèque en 1621, sur la place de la Vieille Ville; après l'exécution, les franciscains achetèrent les planches et la charpente... Non, j'irai plutôt à Smichov; au pavillon des jardins Kinsky, quand on presse du pied un bouton sur le plancher, le mur s'efface et laisse entrer un cavalier de cire, exactement comme dans la chambre aux merveilles de Petrograd; là-bas, par une nuit de pleine lune, un monstre à six doigts fit une fois jouer le déclic par erreur, et un tsar de cire apparut, assis et menaçant. Iouri Tynianov le décrit très bien dans *La Figure de cire*. Mais non, sans doute n'irai-je nulle part : il me suffit de fermer les yeux pour voir tout plus nettement que dans la réalité; ou plutôt, je regarderai les passants, ces têtes qui m'évoquent des massifs de capucines... Dans ma jeunesse, j'avais moi aussi de beaux projets; à une époque, je crus ajouter à ma beauté en achetant des spartiates, des nu-pieds à la mode, tout en lanières croisées, qu'il fallait porter avec des chaussettes violettes; ma mère m'en tricota une paire. La première fois que je sortis, les pieds si bien chaussés, c'était pour un rendez-vous avec une fille, devant l'Auberge-Basse. On avait beau être mardi, je me demandai soudain si la nouvelle équipe de foot n'était pas déjà affichée dans la boîte vitrée de notre club. J'examinai d'abord soigneusement la serrure, puis m'approchai : je ne vis que les noms de la semaine précédente... Je les lus, les relus encore, sans arrêt, parce que je sentais ma sandale droite et sa chaussette violette s'enfoncer dans un magma visqueux. Je relus, et découvris mon nom tout à la fin, parmi les remplaçants. Je trouvai enfin le courage de regarder par terre : mon pied s'étalait dans une grosse crotte de chien, ma spartiate y disparaissait, engloutie avec toutes ses lanières... Je lisais, je relisais la liste d'un bout à l'autre, les onze noms de l'équipe junior avec le mien comme suppléant... Mais si je baissais les yeux, l'horrible crotte de chien était toujours là. A cet instant précis, ma petite amie apparut sur la place. Précipitamment, j'arrachai spartiate et chaussette violette et les plantai là, avec le bouquet que je lui destinais; je m'enfuis dans les champs méditer sur cet avertissement fatal, un signe du destin, peut-être, puisqu'à cette époque j'avais déjà pensé me faire presseur de vieux papier pour accéder aux livres.

Je vais chercher d'autres chopes de bière; appuyé à la barrière près de la porte ouverte du bistrot, le soleil me fait cligner des yeux. Si j'allais jusqu'à l'église de Klarov, il y a là une belle statue en marbre de l'archange Gabriel, et puis ce confessionnal splendide que le curé a fait faire avec le bois de la caisse qui servit à transporter l'ange d'Italie... Je ferme doucement les yeux sans faire un pas. Non, je n'irai nulle part. Tout en buvant, je me revois vingt ans après la catastrophe de la chaussette violette, arpentant les faubourgs de Stettin et les ruelles du marché aux puces : là, sur son étal, le dernier des vendeurs traîne-misère offrait le pied droit d'une spartiate et une chaussette violette : j'aurais juré que c'étaient les miennes, j'en étais sûr, c'était la même pointure, quarante et un... ébahi, je contemplais la scène comme une apparition miraculeuse, écrasé par la foi du fripier qui avait cru en l'existence quelque part dans le monde d'un unijambiste chaussant du quarante et un, qui, en plus, aurait envie d'aller s'acheter à Stettin une chaussure droite et une chaussette violette pour ajouter à son charme!... A côté de ce fantastique commerçant, une vieille faisait l'article avec deux feuilles de laurier qu'elle tenait entre ses doigts. Je m'en fus rempli d'étonnement : la boucle était bouclée, ma sandale et ma chaussette violette n'avaient vu tant de pays que pour me barrer un jour le chemin, tel un reproche.

Je rends mon verre vide et traverse les rails du tramway; le sable dans le parc craque sous les pas, il crisse comme de la neige gelée; dans les branches les moineaux et les fauvettes vocalisent à tout rompre. Je regarde les landaus, les jeunes mères assises sur des bancs au soleil, la tête renversée, offrant leur visage aux rayons bienfaisants, je reste longtemps devant le bassin ovale où se baignent tout nus des petits enfants, intrigué par la marque des caoutchoucs de culotte sur leur ventre... En Galicie, les juifs hassidiques portaient des ceintures éclatantes et vives, bandes colorées qui leur coupaient le corps en deux zones bien tranchées : la plus belle, celle du cœur, des poumons, du foie et de la tête, puis le reste, le négligeable, ce qu'on supporte, les boyaux et le sexe...

Cette ligne de démarcation, les prêtres catholiques l'ont fait remonter plus haut, jusqu'au cou : leur petit collet, ce n'est qu'un signe sensible de la primauté de la tête, où Dieu en personne se rince les doigts. Je regarde ces petits enfants qui se baignent, leurs corps nus avec la trace visible des culottes et des shorts, mais je ne vois plus que des religieuses qui, d'un trait cruel, détachent leur visage de leur crâne pour l'encadrer dans la cuirasse de coiffes amidonnées, tiens, c'est comme les coureurs de formule 1 sous leur casque... Ces enfants nus qui gigotent et s'éclaboussent, je vois qu'ils ne savent rien des réalités sexuelles, et pourtant leur sexe est déjà dans une perfection tranquille, comme me l'enseigne Lao-tseu... Je reviens au trait qui coupe en deux le corps des prêtres et des bonnes sœurs, je regarde les ceintures des juifs et je pense que le corps humain est un sablier, ce qui est en bas est en haut, et vice versa, deux triangles communicants, le sceau du roi Salomon, la moyenne de son œuvre de jeunesse et du bilan de l'âge sénile, le Cantique des Cantiques et l'Ecclésiaste, *vanitas vanitatum*. A présent mes yeux passent à l'église Saint-Ignace-de-Loyola. Le saint rutile dans son nimbe d'or claironnant. C'est étrange, les grands hommes de la littérature tchèque sont toujours assis dans des fauteuils roulants, Jungmann, Safarik et Palacky sont tout raides sur leurs sièges de pierre et le Macha du jardin de Petrin s'appuie un peu sur une colonne, alors que les statues catholiques sont pleines d'élan, tels des athlètes qui lancent sans cesse un ballon de volley au-dessus du filet, on dirait qu'elles viennent de piquer un cent mètres ou de lancer le disque d'un jet tourbillonnant, les yeux toujours levés au ciel, à pleines mains, elles doivent parer le smash de Dieu, ces statues chrétiennes en grès qui ressemblent à des footballeurs après le shoot de la victoire, bras dressés dans un hurlement de joie... Mais les statues de Jaroslav Vrchlicky, elles, se recroquevillent dans des fauteuils roulants.

Je traversai la rue et quittai le soleil pour la pénombre de la brasserie Cizek. A l'intérieur, l'obscurité était si dense que seuls les visages des hôtes brillaient comme des masques, le noir engloutissait leurs corps. Je descendis au restaurant, par-dessus une épaule je déchiffrai une inscription sur le mur : « ICI S'ÉLEVAIT LA MAISON OU KAREL HYNEK MACHA, LE GRAND POÈTE, ÉCRIVIT "MAI" ». Je m'installai à une table; levant les yeux au plafond, je fus pris de panique : j'étais assis sous les ampoules électriques, j'aurais pu me croire dans mon souterrain. Je me relevai et sortis dans la rue, et pan! je me cognai à un copain déjà complètement beurré; il retourna immédiatement sa poche-poitrine et se mit à chercher longuement quelque chose dans ses papiers, puis il me tendit un certificat de la police qui attestait sa sobriété, *le soussigné n'a pas un gramme d'alcool dans le sang...* Je le lui rendis, bien plié, et lui, ce copain dont j'avais oublié le nom, de m'expliquer par le menu qu'il avait voulu commencer une nouvelle vie, qu'il s'était mis au lait pendant deux jours... Ça le faisait tellement tituber que ce matin, son chef l'avait renvoyé chez lui pour ivresse en lui soustrayant deux jours sur ses vacances. Alors, il s'était rendu au poste se faire rendre justice, et les flics, voyant qu'il n'avait pas une goutte d'alcool dans le sang, avaient décroché le téléphone et engueulé son patron, l'accusant de saper le moral d'un ouvrier. Après cela, il avait bu de joie toute la matinée en l'honneur de ce papier officiel prouvant noir sur blanc son abstinence... Il m'invita à trinquer avec lui; aujourd'hui, on pourrait peut-être venir à bout du Grand

Slalom, d'habitude éternellement raté, sauf une fois où l'on avait tout de même réussi à franchir toutes les portes. Mais moi, le Grand Slalom, je l'avais bien oublié, je n'arrivais pas à me souvenir d'une seule porte, aussi, pour me convaincre, ce copain dont le nom m'échappait se mit à décrire la course, plein d'enthousiasme : première étape à la brasserie Vlachovka; ensuite, on irait chez Ruzek, puis gentiment au Paradis-Perdu; la porte suivante, ça pourrait être Myler, et puis l'Écusson... Bien sûr, partout on ne prendrait qu'une bière, le demi-litre, quoi, pour tenir le coup jusque chez Jarolimek; encore une bière chez Lada, et un petit détour au Charles-IV, de là au self le Monde, il n'y a qu'un pas; après, mais alors, au ralenti, on pourrait frapper chez Hausmann et à la Brasserie, puis traverser les rails des tramways et passer au Roi-Wenceslas. Resterait Pudil, ou bien Krofta, et pourquoi pas Doud ou le Mercure... La ligne d'arrivée, on la fixerait au Palmovka ou au self Scholer. Éventuellement, s'il restait du temps, on pourrait fêter ça chez Horky ou à la ville de Rokycany... Enthousiasmé, l'ivrogne s'accrochait à moi en mettant au point son itinéraire, mais, prenant du champ, je le laissai chez Cizek et m'enfonçai dans les jardins de la place Charles, avec leurs massifs de capucines qui rappellent des visages humains... A la recherche du moindre de ses rayons, les adorateurs du soleil avaient changé de banc et traquaient le couchant. De retour à la Brasserie-Noire, je commandai un rhum, puis une bière, encore un rhum, ce n'est qu'une fois broyés que nous tirons le meilleur de nous-mêmes. Entre les branches luisait dans le ciel sombre l'horloge au néon de l'hôtel de ville, quand j'étais petit, je rêvais d'être millionnaire pour doter chaque ville d'aiguilles et de chiffres phosphorescents, dans un sursaut ultime, les livres torturés tentent de déchirer leur paquet, portrait d'homme au visage spongieux, le vent de la Vltava arrive jusqu'à la place Charles, et moi j'aime cela, j'aime me promener le soir dans la grande avenue de Letna, la rivière charrie les senteurs du parc, senteurs d'herbe fraîche et de feuilles, cette odeur qui planait maintenant dans la rue, et j'entrai chez Bubenicek, je m'assis et commandai une bière, absent... Deux tonnes de livres menacent ma tête endormie, elle me guette chaque jour, l'épée de Damoclès que j'ai moi-même suspendue, je suis un enfant qui revient chez lui avec de mauvaises notes, dans mon verre, les bulles remontent à la surface comme des feux follets...

Dans un coin, trois jeunes jouaient de la guitare et fredonnaient à mi-voix... Tout ce qui vit possède forcément un ennemi, la mélancolie de l'éternelle structure, le bel hellénisme, à la fois modèle et but, les lycées classiques, les facultés de lettres et de sciences humaines... Pendant ce temps, dans les cloaques et les conduits praguois, deux clans de rats déchaînés se livrent une guerre impitoyable, la jambe droite de mon pantalon montre des signes d'usure au genou, satin turquoise et rouge des jupons de mes Tsiganes, mes mains sans force comme des ailes coupées, un énorme cuissot de viande au crochet d'une boucherie de campagne, j'écoute le clapotis des eaux usées dans les égouts... La porte s'ouvrit, un géant entra et avec lui tous les effluves de la rivière; avant que nul n'ait pu faire un geste, il empoigna une chaise, la brisa en deux massues et refoula dans un coin les clients épouvantés. De terreur, les trois chanteurs s'étaient levés, ils s'aplatissaient le long du mur comme des capucines sous la pluie, l'ogre brandissait ses matraques, il menaçait, il allait tuer... Mais, au dernier moment, il se mit à battre la mesure et entonna doucement : « Grise colombe, où étais-tu ? » Oui, il chantait tranquillement... Le couplet fini, il laissa retomber la chaise, la paya au garçon; dans l'embrasure de la porte, il se retourna et dit aux clients encore sous le choc : « Messieurs, je suis l'aide du bourreau... » Il s'en fut, malheureux, songeur, c'était peut-être lui, l'homme qui, l'année dernière, m'avait acculé dans un recoin des abattoirs d'Holesovice et mis le couteau sous la gorge, une lame finlandaise, pour tirer tout simplement un papier de sa poche et déclamer des vers en l'honneur d'une beauté de Ricany... Après, il s'était excusé, il ne voyait pas d'autres moyens de forcer les gens à écouter ses œuvres... Je réglai ma bière et mes trois rhums et retrouvai la brise dans la rue. Sur la place Charles, l'horloge lumineuse de l'hôtel de ville marque l'heure inutilement, rien ne me presse, je flotte dans l'espace; je remonte la rue Lazarska, tourne dans la venelle, au petit bonheur. Je décadenasse la porte de derrière, cherche à tâtons le commutateur. J'allume, je suis dans ma cave, où pendant trente-cinq ans j'ai écrasé du vieux papier à la presse mécanique, une nouvelle montagne de papier traverse la trappe du plafond et déborde dans la cour. Pourquoi Lao-tseu dit-il que naître, c'est sortir et que mourir, c'est entrer? Deux objets emplissent ma pensée d'une admiration toujours croissante et neuve, la clarté tremblante de la nuit et ce travail qui exige vraiment de passer par le séminaire, cela me terrifie... J'enfonce le bouton vert, la cuve se tapisse de vieux papier que j'empoigne à pleines brassées, au fond des yeux des souris j'aperçois quelque chose de supérieur au ciel étoilé au-dessus de ma tête, voici que ma petite Tsigane me retrouve dans un demi-sommeil, et la presse se contorsionne tel un accordéon sous les doigts d'un orphéoniste, j'écarte de ma caisse une reproduction de Jérôme Bosch, je trie les livres cachés dans leur nid d'images pieuses, voilà, j'ai choisi la page où la reine de Prusse, Charlotte-Sophie, dit à sa chambrière : « Ne pleure point, pour satisfaire ta curiosité, j'irai à présent voir ce que Leibniz lui-même n'a pu m'enseigner, je vais à la limite de l'être et du néant... » La presse tinte, le plateau s'est remis au rouge, je laisse tomber mon livre et bourre la cuve aux parois tartinées de beurre, glissantes comme de la glace avant la débâcle... La machine géante de Bubny remplace dix presses comme cela, mes presses à moi, Sartre et Camus écrivent très joliment là-dessus, les reliures luisantes me font du charme, à l'escabeau s'agrippe un vieillard en blouse bleue et en escarpins blancs, un brusque battement d'ailes dans un nuage de poussière, Lindbergh a traversé l'Océan. J'arrête le bouton vert; dans la cuve pleine de vieux papier, je m'arrange une petite tanière, eh oui, je reste un gaillard, je peux être fier de moi, n'avoir honte de rien... Tel Sénèque entrant dans sa baignoire, je passe une jambe, j'attends un peu, l'autre jambe retombe lourdement, je me roule en boule, pour voir, puis à genoux, j'enfonce le bouton vert et me blottis dans le capiton de livres et de papier, dans une main je serre fort mon Novalis, le doigt posé sur la phrase bien-aimée, aux lèvres un sourire béat, car je commence à ressembler à Marinette et à son ange... Voici que j'entre dans un monde totalement inconnu, je tiens le livre, la page... Tout objet aimé est au centre du paradis terrestre, c'est écrit... Et moi, plutôt que d'emballer du papier vierge au sous-sol de l'imprimerie Melantrich, j'ai choisis ma chute, ici, dans ma cave, dans ma presse, je suis Sénèque et Socrate, voici mon ascension et, même si la paroi me plaque les jambes sous le menton ou pis encore, je ne me laisserai pas chasser du paradis, je suis dans mon souterrain dont nul ne peut m'exiler, on ne me fera pas changer de place, la tranche d'un livre me transperce les côtes, une plainte m'échappe, me suis-je soumis à la torture pour y découvrir l'ultime vérité? Le poids de la presse me plie en deux comme un canif d'enfant... En cet instant, je vois ma Tsigane, cette petite dont je n'ai jamais su le nom, je vois très nettement le Mont-Chauve, nous lançons le cerf-volant dans le ciel d'automne, elle tient le fil... Je regarde tout en haut, le cerf-volant possède mon visage douloureux et la Tsigane envoie un message le long du fil, d'en bas, je vois qu'il progresse par saccades, le voici à ma portée, je tends la main... Il y avait écrit, en grosses lettres enfantines : ILONKA. Oui, c'était son nom, maintenant, j'en suis sûr.

DU MÊME AUTEUR

Moi qui ai servi le roi d'Angleterre
*Robert Laffont, 1981*
*« Le Livre de poche », n° 3151*

La petite ville où le temps s'arrêta
*Robert Laffont, 1985, 1992*
*Seuil, « Points », n° P 43*

Trains étroitement surveillés
*Gallimard, 1984, 1987*

La Chevelure sacrifiée
*Gallimard, 1987, 1994*
*et « L'Imaginaire », n° 476*

Tendre Barbare
*Maren Sell, 1988*
*« Le Livre de poche », n° 3201*

Vends maison où je ne veux plus vivre
*Robert Laffont, 1989*
*Seuil, « Points Roman », n° R 543*

Les Noces dans la maison
*Robert Laffont, 1990*
*Seuil, « Points Roman », n° R 569*

Lettres à Doubenka
*Robert Laffont, 1991*
*Seuil, « Points Roman », n° R 655*

Les Souffrances du vieux Werther
*Maren Sell, 1991*
*« 10/18 » n° 2790, 1996*

Peurs totales : Cassius dans l'émigration
*Critérion, 1991*

Entretiens B. Hrabal / C. Salmon
Éloge de Hrabal / Vaclav Havel
*Critérion, 1991*

Les Palabreurs
*Albin Michel, 1991*
*« Le Livre de poche », n° 3198*

Les Millions d'Arlequin
*Robert Laffont, 1995*
*Seuil, « Points », n° P351*

Les Imposteurs et autres nouvelles
*Albin Michel, 1996*

Rencontres et Visites
*Robert Laffont, 1997*

GROUPE CPI

*Achevé d'imprimer en juin 2003 par*
**BUSSIÈRE CAMEDAN IMPRIMERIES**
*à Saint-Amand-Montrond (Cher)*
N° d'édition : 33031-5. - N° d'impression : 033050/1.
Dépôt légal : novembre 1997.
*Imprimé en France*